W0202064

Tausend Tage

Christoph D. Brumme

Tausend Tage

Roman

Kiepenheuer & Witsch

Danksagung
Die Arbeit des Autors am vorliegenden Text wurde durch den Deutschen Literaturfonds e. V., den Kulturfonds Berlin sowie die Akademie der Künste Berlin gefördert.

Hinweis: Rechtschreibung und Interpunktion in diesem Buch folgen weitgehend den neuen Regeln.

1. Auflage 1997

© 1997 by Verlag Kiepenheuer & Witsch, Köln
Alle Rechte vorbehalten. Kein Teil des Werkes darf in irgendeiner Form (Durch Fotografie, Mikrofilm oder ein anderes Verfahren) ohne schriftliche Genehmigung des Verlages reproduziert oder unter Verwendung elektronischer Systeme verarbeitet, vervielfältigt oder verbreitet werden.
Umschlaggestaltung Rudolf Linn, Köln
Umschlagmotiv Paul Klee *Liebeslied bei Neumond,* 1939
© VG Bildkunst, Bonn 1997
Satz Jung Satzcentrum, Lahnau
Druck und Bindearbeiten Pustet, Regensburg
ISBN 3-462-02631-3

Für Anke und Roland

Wer die Wahrheit verrät,
verrät auch die Lügen.
Montaigne

Eine Zeitlang interessierte sich Kian für Tischplatten. Grüne Tischplatten, aus Sprelacart zum Beispiel, ließen ihn hoffen, dass ihm Gutes widerfahren würde. Schließlich war Grün die Farbe der Hoffnung.
Hellblaue Tischplatten hingegen drohten mit Ödnis, da sie ihn an Tage erinnerten, an denen der Himmel träge war und auch sonst wenig passierte. Tischplatten aus Holz bedeuteten, dass ihn Ereignisse erwarteten, die er schon einmal erlebt hatte, weil Holz ein alter Stoff war, der auf die Vergangenheit hinwies.
In Tischdecken las Kian immer neuen Sinn hinein. Gestickte oder gehäkelte Tischdecken mit Blumenmustern oder mit Folklorefiguren sagten ihm, dass es zu Ende mit ihm gehe, weil solche Tischdecken nur in Wohnstuben lagen, in denen er das Gefühl hatte, nicht wieder hinauszugelangen.
Sie waren nicht alle mit Seide bespannt. Genau genommen war nicht eine einzige Wohnstube, die er kannte, mit Seide bespannt. Er wünschte sich nur, eine mit Seide bespannte Wohnstube einmal zu sehen.
Als Kind hatte er manchmal bei einer alten Frau übernachtet, die im Haus seiner Tante wohnte. Frau Schibura hieß diese Frau und er hatte verstanden Fraschibura und dachte, sie würde Frau Fraschibura heißen. Frau Fraschibura hatte in ihrer dunklen Wohnstube, in der die Vorhänge immer zugezogen waren, in einem rotbraunen Sessel gesessen und er hatte zu ihren Füßen gespielt. Frau

Fraschibura trug eine Mütze bis über die Ohren gezogen. Sein Vater hatte ihm erzählt, dass Frau Fraschibura im Winter vergessen habe, vor dem Schlafengehen das Fenster zu schließen und ihr in der Nacht ein Ohr abgefroren sei. Deshalb trug sie die Mütze. Und weil die Wohnstube so dunkel gewesen war, glaubte er, die Wände wären mit Seide bezogen. Und eine solche Wohnstube wollte er noch einmal sehen. Inzwischen war das Haus aber abgerissen worden und Frau Fraschibura längst tot.
Das machte ihn traurig. Er war gern traurig. Er sah dann so klare Bilder. Er sah den halben Mann aus dem Märchen vor seine Füße stürzen. Er überlegte kurz, ob der Mann in der Mitte oder längs geteilt sein müsste. Aber sicher doch längs, weil er durch den Schornstein gepasst haben musste. Nur dessen zweite Hälfte wollte nicht nachkommen. Die steckte bestimmt im Schornstein fest. Er hörte es rumpeln und pumpeln, aber nicht in seinem Bauch. Ein Bratrost fiel um und das glänzende Parkett wurde schwarz vom Ruß. Aber darüber erschrak er nicht, er wollte noch mit den Totenbeinen und mit den Totenköpfen kegeln. So mutig war er, wenn ihn Traurigkeit ergriff.

Wegen seines Onkels war er nicht traurig. Fast hatte er sogar lachen müssen über dessen Unglück. Er hatte sich wirklich beherrschen müssen, um nicht im Beisein seiner Mutter zu lachen.
Fünf Kirchturmspitzen zierten die Stadt und eine hatte sein Onkel vergolden lassen wollen. Der Pfarrer hatte Spenden gesammelt, um die Kirchturmspitze wie vor dem Krieg mit Gold überziehen zu lassen, und sein Onkel hatte goldene Uhren gekauft und von ihnen das Gold abgekratzt, um es dem Pfarrer zu übergeben. Dabei war er

nie in die Kirche gegangen, nur seine Mutter hatte dort fleißig gebetet. Er war sogar Mitglied der Partei gewesen und aus der wurde er ausgeschlossen und in eine Klinik eingewiesen, als die Sache mit den Uhren bekannt wurde. Monatelang hatte der Onkel all sein Erspartes für goldene Uhren ausgegeben. Dabei war das meist gar kein echtes Gold, mit dem die Uhren überzogen waren.
Das war doch zum Lachen.
Seine Eltern gerieten natürlich in Streit wegen des Onkels. Sie konnten gar nicht anders, als sich zu streiten.
- Du hättest auf ihn aufpassen müssen!
Sein Vater hatte gut reden.
- Auf ihn aufpassen, wie denn? Du hattest nie Verständnis für ihn.
- Wohin dein Verständnis führt, sieht man.
- Deshalb kann ich trotzdem nicht in ihn hineingucken. Helfen können ihm nur die Ärzte.
- Die Ärzte! Verlass du dich auf die Ärzte! Wer sagt denn, ob die ihm überhaupt helfen wollen!
- Das kannst du wohl einschätzen! Du hast auch so viele Erfahrungen auf diesem Gebiet.
- Jedenfalls habe ich meinen Verstand noch beisammen.
- Das bezweifle ich schon lange.
Seine Mutter fand immer noch eine Erwiderung.

Nach einem halben Jahr war der Onkel aus der Klinik entlassen worden. Er lachte jetzt komisch, mitten im Satz manchmal. Er prustete einfach vor sich hin. Speichel rann ihm dabei aus dem Mund, ohne dass er es merkte. Und ein neues Vorhaben äußerte er. Er wollte Lenin studieren, um wieder in die Partei aufgenommen zu werden. Beginnen wollte er mit einem Werk, dessen Titel schwer verständ-

lich war. Ein Professor hatte ihm dieses Werk empfohlen, den er in der Klinik als Patienten kennengelernt hatte.
- Unter den Genossen fühle ich mich am wohlsten, behauptete er.
Den Kirchturm hatte er anscheinend vergessen.
- Deine Genossen, entgegnete sein Vater, werden sich freuen. Erst haben sie dich fallen lassen, als sie dich nicht mehr brauchten, und jetzt sollen sie dich wieder in ihre Arme schließen.
- Sie haben mich nicht fallen lassen. Es war mein Fehler, dass ich krank geworden bin.
- Eiserne Überzeugung, muss man schon sagen.
Ja, der Onkel war hartnäckig.
Kurz darauf wollte er ein Kind adoptieren, ein armes Kind aus Afrika, um es vor dem Verhungern zu retten.
- Sie werden dir schon helfen, ein Kind zu adoptieren, deine Genossen. Du kannst dein Krankengeld spenden, aber sonst auch gar nichts.
Sein Vater hatte recht, man würde es nicht gestatten.
- Ehe die ein Kind hereinlassen, ein schwarzes noch dazu, stecken sie dich wieder in die Klinik.
- Ich bin freiwillig in die Klinik gegangen.
- Freiwillig, ja. Ich lebe auch freiwillig hier.
- Natürlich freiwillig.
- Natürlich.
Wenig später war der Onkel an der Grenze verhaftet worden. Er hatte nach Italien reisen wollen, um in Rom Geiseln zu befreien. Terroristen hatten Geiseln genommen und er wollte den Terroristen klarmachen, dass Geiselnahmen unmenschlich seien und dass es besser wäre, seine Ziele auf friedlichem Wege zu erreichen. Gewalt, hatte er den Grenzern erklärt, führe nur kurzzeitig zum

Erfolg und das würden auch die Terroristen verstehen. Nach diesem Vorhaben wurde er in der Klinik dauerhaft stationiert.

Schöne Familie, dachte Kian. Einer ist verrückt und zwei hacken sich die Augen aus, wie die Krähen. Und der Verrückte will Frieden stiften, in Rom gleich, wo denn sonst? Zu Hause hat er alles geschluckt, was ihm sein Vater an den Kopf geworfen hat. Und Pläne geschmiedet. Oder war der Plan, die Geiseln zu befreien, nur ein Grund, um reisen zu können? Möglich ist das ja. Mit einem Jagdschein auf der Flucht ins sonnige Italien. Aber die Genossen sehen dieses Reiseziel nicht so gern.
- Der liebe Leonard, er war doch immer so friedlich. Nie hat er jemandem Böses gewollt.
Seine Mutter redete so. Für sie war ihr Bruder immer ein Vorbild gewesen.
- Der Leonard war klüger als ich. Der hat sich richtig entschieden, dass er allein geblieben ist.
Wie stolz sie das sagte. Bei ihrer Ehe kein Wunder. Aber scheiden lässt sie sich nicht, dafür fehlt ihr der Mut. Der Alte würde schon ohne sie zurechtkommen. Abends sein Bier nach der Arbeit, was anderes braucht der doch nicht. Jammern muss er noch, vielleicht hört sie ihm dabei gerne zu.
- Ich war was Besseres als ein einfacher Zimmermann. Und ich hätte weiter vorankommen können.
- Hättest du auf meinen Bruder gehört, wärst du was Besseres geblieben.
- Auf deinen Bruder? Soll ich vielleicht auch in der roten Soße schwimmen? Ich will meiner Kundschaft noch in die Augen sehen können.

- Dann bleibe, was du bist.
So hatte seine Mutter früher geantwortet, aber seit der Onkel plemplem war, hatte sie schlechte Karten bei diesem Thema. Der Onkel hatte seinem Vater geraten, in die Partei einzutreten, weil er dann nicht enteignet worden wäre. Von seinem eigenen Betrieb war er enteignet worden, in dem er zwar Chef bleiben durfte, jedoch ohne dass ihm der Betrieb weiter gehörte. Er übertrieb ein wenig, wenn er sagte, er sei einfacher Zimmermann, aber der große Boss war er auch nicht mehr.

Sein Vater wurde zu den Behörden vorgeladen, nachdem der Onkel versucht hatte, die Grenze zu überschreiten, zu den Behörden, die für solche Angelegenheiten zuständig waren. Sie wollten wissen, ob er den Onkel auf die Idee gebracht hätte, nach Italien reisen zu wollen. Seine Mutter befragten sie nicht. Sie durfte sich deshalb wieder alles anhören.
- Meine Idee. Dein Bruder. Dem fehlt ein Gong gegen die Hirnschale, wenn du mich fragst. Dann spurt der auch wieder. Glaube mal nicht, dass sie ihn wieder rauslassen, diesmal nicht. Diesmal wird er schon sehen, was er angerichtet hat. Aber er stammt ja aus deiner Familie. Die ist von oben nach unten gewachsen, aber innen fehlt's. Als ob man so einen auf Ideen bringen könnte.
Seine Mutter sagte vorerst gar nichts dazu. Sie heulte nämlich. Er sah seine Mutter zum ersten Mal heulen. Leid tat sie ihm deswegen noch lange nicht, obwohl sein Vater zu weit gegangen war. Sonst ging sie oft zu weit.
Einmal hatte sie die gesamte Kleidung seines Vaters ins Auto geladen, alle Anzüge und alle Hemden und alle Schuhe, und war mit der Kleidung weggefahren, damit

sein Vater abends nicht zu einem Handwerkerfest gehen konnte. Und das Bier seines Vaters schüttete sie manchmal in den Ausguss und der wunderte sich nur, dass kein Bier mehr da war. Dann durfte er, Kian, als hilfsbereiter Sohn wieder neues Bier holen, sein Vater war damit nicht gestraft. Selbst spätabends musste er manchmal noch in die Kneipe, um Bier zu holen.
Die größte Sorge seiner Mutter war ohnehin nur, dass die Leute erfahren würden, was mit dem Onkel geschehen war. Dabei wusste es schon die halbe Stadt. So etwas sprach sich in Windeseile herum, endlich passierte mal was, das interessierte doch jeden. Zuletzt hatte ein Polizist seine Frau und seine beiden Töchter erschlagen, mit dem Beil und angeblich in geistiger Verwirrung. Die Frau war ziemlich attraktiv gewesen, in der Stadt war sie immer aufgefallen. Die passte überhaupt nicht hierher, aus Rumänien war die übergesiedelt. Und eine ihrer Töchter hatte schon mit drei Jahren, ohne lesen zu können, zweiunddreißig Vögel auf Quartettkarten mit Namen genannt. Darüber hatte die ganze Nachbarschaft gestaunt.
Ein Mord war sicherlich interessanter für die Leute als ein Verrückter, aber ein Verrückter, der die Kirche hatte vergolden und nach Italien reisen wollen, war auch interessant.

Sein Vater hätte sich wegen der Leute eher Sorgen machen müssen als seine Mutter, schließlich war er bekannt in der Stadt. Seine Mutter arbeitete nur im Büro und da kamen kaum Leute hin.
Vielleicht wollte sie seinen Vater auch bloß davon abhalten, viel mit den Leuten zu reden, weil sie ihn um seine Kontakte beneidete. Sie kam sich sowieso immer vor wie hinten abgestellt.

Verwunderlich war es ja, wie seine Eltern das aushielten die ganzen Jahre. Als Kind hatte er einmal gehört, wie seine Großmutter zu seiner Mutter gesagt hatte, sie könne froh sein, dass sich ihr Mann nicht an ihrer Haut stören würde. Seine Mutter hatte unter den Achseln und an den Gelenken, überall, wo viel Schweiß floss, lauter rote Flecken, die sie mit Salben beschmieren und verbinden musste.
Ein anderer Mann, hatte seine Großmutter gesagt, hätte sie längst verlassen.
Und seine Mutter hatte ihr zugestimmt und geantwortet, im Grunde sei Hermann kein Schlechter, nur manchmal wirke er streitsüchtig.
Ihn hatte es damals schon erstaunt, wie seine Mutter das auffasste. Einerseits stimmte es ja, dass ihre Haut nicht schön war. Aber sie versteckte die Binden ganz gut und zog weite Pullover an oder trug Tücher um den Hals. Wer von ihren Flecken nicht wusste, konnte sie auch nicht sehen, nur an den Handgelenken manchmal.
Für seinen Vater war die Ehe mit ihr eine Notheirat gewesen, weil er schon vierzig gewesen war, als er geheiratet hatte. Bis dahin hatte er die Beine unter den Tisch seiner Mutter gesteckt und sich von ihr versorgen lassen. Ab fünfunddreißig war es eine Notheirat, weil es dann schwierig wurde, noch eine Frau abzubekommen.

Lange heulte seine Mutter nicht.
- Rege dich über meinen Bruder nur auf, sagte sie. Die Behörden werden schon wissen, weshalb sie dich vorgeladen haben.
Das war eine Anspielung. Sein Vater wurde von den Behörden wahrscheinlich schon lange beobachtet. Er galt

beinahe als Staatsfeind und war sogar stolz darauf. Dabei machte ihn eigentlich nur seine Prahlerei gefährlich.
Sein Vater höchstpersönlich hätte nämlich fast den Krieg gewonnen. Er hatte als Telegraphist bei der Wehrmacht gedient und zwar an entscheidender Stelle. Nur ihm war es zu verdanken, dass die Russen heute hier waren, das sagte er jedenfalls.
- Ich hätte es verhindern können. Ich war nur ein kleiner Befehlsempfänger, aber als solcher hatte ich auch meine Aufgabe. Man durfte mich nicht unterschätzen.
Die kleinen Leute mussten bloß zur richtigen Zeit am richtigen Ort das Falsche tun, dann war einiges möglich.
Sein Vater behauptete, er hätte am zwanzigsten Juli vierundvierzig die Nachricht vom gescheiterten Attentat auf Hitler an die Westgruppe der Wehrmacht telegraphiert. Und nur durch diese Nachricht waren die Verschwörer in Paris an der Machtübernahme gehindert worden. Er aber hätte die Nachricht verfälschen können. Er hätte statt *fehlgeschlagen* bloß *gelungen* zu telegraphieren brauchen und statt *Der Führer lebt, Der Führer ist tot.*
- Das hätte alles geändert. Die SS wäre entmachtet worden. Ohne die SS hätten wir von Paris aus mit dem Westen Frieden schließen können. Die SS war uns im Wege, niemand sonst. Und mit den Russen hätten wir uns auch geeinigt.
Im Nachhinein zählte er sich beinahe selbst zu den Attentätern.
- Wir standen zu diesem Zeitpunkt noch in Weißrussland. Die Russen wären doch froh gewesen, wenn wir Frieden geschlossen hätten. Die hätten niemals nach Deutschland kommen müssen. Aber entscheide das mal. Ich hatte wenige Sekunden Zeit. Wir haben nur unter Bewachung ge-

arbeitet. Da war allerdings viel Routine mit bei, so dass vielleicht niemand etwas gemerkt hätte.
An dieser Stelle fing er meist an zu heulen.
- Ich habe Schuld, verstehst du. Ich hätte es tun können. Das war meine Stunde. Ich wäre gleich erschossen worden, für Deutschland. Dann wärest du nicht geboren worden. Und die Russen wären zu Hause geblieben.
Große Zusammenhänge offenbarten sich da.
Im Grunde lebte er nur, weil die Russen in Deutschland waren. Oder wenigstens, wären die Russen nicht in Deutschland, würde er auch nicht leben. Das schien seinem Vater aber nichts auszumachen. Der dachte nur an sein Versagen, wie sein Sohn sich dabei fühlte, kümmerte ihn nicht.
Mit den Erwachsenen war es immer das gleiche. Die glaubten, sie würden sich nur selber verstehen. Er verstand sie schon jetzt. Er ließ sich das bloß nicht anmerken.

Kian war jetzt achtzehn und in wenigen Wochen sollte er zur Armee eingezogen werden. Für drei Jahre hatte er sich verpflichtet. Es hatte ihm geschmeichelt, dass man ihn brauchte.
- Leute wie Sie. Sportlich, gutes Zeugnis. Und denken Sie an die Perspektiven, die wir Ihnen bieten. Wohnung, Studium, was Sie wollen. Und finanziell soll es sich auch lohnen. Sogar den Standort können Sie sich aussuchen, an dem Sie stationiert werden möchten. Jedenfalls werden wir sehen, was sich in dieser Hinsicht machen lässt. Wenn Sie entlassen werden, sind Sie einundzwanzig, da fängt Ihr Leben doch erst an.
Mit den politischen Floskeln brauchte man ihm nicht zu kommen, das hatte er gleich gesagt. Das hatte der Offizier auch schnell begriffen.
- Dann können wir uns das Allgemeine ja sparen.
Er hatte genickt und schließlich unterschrieben.
Er würde die Berufsausbildung einige Monate früher beenden und gleich mit achtzehn eingezogen werden. Eineinhalb Jahre musste er sowieso dienen, also war er letztlich nur ein Jahr länger als nötig bei der Armee.
So hatte er wenigstens ein Ziel. Er wollte nicht wie die Männer in der Kneipe werden, denen er manchmal zuhörte, wenn er für seinen Vater Bier holte.

- Du hast sie angefasst.
- Habe ich nicht.

- Deshalb ist sie gegangen.
- Das weiß ich auch ohne dich, dass sie gegangen ist.
- Na also.
- Du verstehst mich nicht.
- Ich verstehe dich sehr gut.
- Dann würdest du anders mit mir reden.
- Ich rede so mit dir, wie du mit mir redest.
- Ich habe überhaupt nicht mit dir geredet.
- Weshalb streiten wir uns? Wir müssen uns nicht streiten.
- Weil du mir einredest, dass ich ein Versager bin. Das weiß ich selbst, dass ich ein Versager bin. Das hat nichts mit mir zu tun, sondern mit meiner Persönlichkeit.
- Deine Persönlichkeit ist mir egal, ich rede mit dir.
- Das merke ich, dass du mit mir redest.
- Dann höre auf mich.
- Ich höre nicht einmal auf mich.
- Das ist dein Fehler.
- Du hast auch Fehler.
- Ich habe auch Fehler. Aber ich rede über meine Fehler.
- Weil du dich ändern willst. Ich will mich nicht mehr ändern.
- Du hast deine Natur aufgegeben.
- Was soll ich denn sonst aufgeben?
- Wir müssen von der Natur lernen, die Natur ist viel klüger als wir. Die Natur stirbt jedes Jahr und wacht trotzdem wieder auf.
- Ich gehe auch jeden Abend schlafen und wache morgens wieder auf.
- Das ist nicht das Gleiche, das weißt du genau.
- Ich weiß es und deshalb sage ich es.
usw.

Unter Armee konnte Kian sich nur wenig vorstellen. Sein Vater war kein verlässlicher Zeuge. Der wusste vielleicht noch gar nicht, dass inzwischen eine neue Armee existierte.
Da kein Krieg war, was sollte man da bei der Armee eigentlich tun? Man konnte doch nicht jeden Tag Krieg spielen? Immerzu auf einen Angriff zu warten, der doch nicht kam, das musste auf Dauer langweilig werden. Und wenn der Angriff käme, wäre mit einem Atomschlag sowieso alles vorbei. Das würde blitzschnell gehen und ob danach überhaupt noch jemand leben würde, war fraglich.
Überhaupt waren die großen Zeiten vorbei, in denen man nach Moskau marschieren konnte oder, bedachte man die andere Seite, nach Berlin. Jeweils der Hinweg war wohl die große Zeit gewesen, der Rückweg nicht.
Das brauchte ihm jedenfalls niemand zu erzählen, dass Kriegsgeschichten nicht spannend waren. Da dachte doch jeder, dass er gern dabei gewesen wäre, wenigstens als stiller oder am besten unsichtbarer Beobachter. Selbst wenn die SA einen Juden zusammenschlug, hätte das jeder gern mit angesehen. Filme waren dafür nur ein billiger Ersatz.
Einmal hatte Kian von Hitler geträumt. Er war durch dunkle Kellergänge gelaufen und hatte schließlich ein getäfeltes Zimmer betreten. In diesem Zimmer empfing ihn Hitler. Hitler hatte einen russischen Häftling an seinen Schreibtisch gefesselt. Er schob ihm kleine Stücke Brot in den Mund und sagte zu Kian:
- Siehst du, wie ich ihn füttere?
Dann erklärte er:
- Zeremonien sind das A und O der Disziplin. Die Menschen wünschen es sich feierlich, wenn sie gehorchen sol-

len. Deshalb lege ich großen Wert auf Disziplin. Mit Musik lässt sich noch jedes Land erobern.
An Hitlers Gesicht konnte er sich nach dem Aufwachen nicht mehr erinnern, nur dessen schnarrende Stimme hörte er noch.

Er hatte ein schlechtes Gewissen nach diesem Traum. Dass er von Hitler träumte, war nicht irgendwas. Er konnte die Gründe herbeten, die Hitler an die Macht gebracht hatten, und trotzdem träumte er von ihm. Hitler als Person hätte nach diesen Gründen eigentlich gar nicht vorkommen dürfen. Schon Plechanow hatte widerlegt, dass der Einzelne in der Geschichte etwas ausrichten kann. Es existierten immer nur Notwendigkeiten, denen man sich unterordnen musste, um frei zu sein. Ein einzelner Mensch hatte gar nicht die Macht, Millionen zu lenken. Eine solche Auffassung grenzte an Mystik und sollte nur von den eigentlichen Ursachen ablenken. Das war Vernebelungstaktik, Beweihräucherei. Und was Hitler betraf, so war der nur eine Marionette des Finanzkapitals gewesen. Die Massen waren die Triebfedern der Geschichte und wer sich als Einzelner der Masse entgegenstellte, würde zermalmt werden.
Er war nicht umsonst in die Schule gegangen. Unterordnen musste sich jeder. Er kannte niemanden, der sich nicht unterordnete. Und er war keine Ausnahme.
Wenn es nach ihm gegangen wäre, hätte er keinen Beruf gelernt, aber nein, er musste es tun. Er musste sich jeden Tag die Belehrungen über Stromwiderstände und Festigkeit des Materials und Transportkapazitäten und Kosten-Nutzen-Verhältnisse und Betriebsorganisation anhören. Er konnte das lernen und Prüfungen bestehen, sogar *Bes-*

ter Lehrling werden, aber es interessierte ihn nicht. Als Maschinenschlosser wollte er jedenfalls nicht enden.
Er wünschte sich, gänzlich anders zu leben, als er es jetzt tat. Er konnte doch nicht jeden Tag immer dasselbe tun. Und was denn tun? Bohrlöcher konnte auch jeder andere bohren, dazu hätte man ihn nicht gebraucht. Ohnehin brachen die Bohrer meist ab.
Und die Besteckmaschinen, die sie herstellten, funktionierten in der Regel sowieso nicht. Die waren von vornherein Schrott.
Als der Betrieb, an den die Besteckmaschinen geliefert wurden, von Funktionären eingeweiht wurde, hatte man auf das Fließband schon vor der ersten Maschine fertige Bestecke gelegt, die dann an der letzten Maschine auch fertig wieder herausgekommen waren, und die Funktionäre wie die Arbeiter hatten so getan, als wären die Bestecke eben erst produziert worden. Man hatte die Maschinen einfach leer laufen lassen. Die meisten der Besteckmaschinen, die sie in diesem Halbjahr montierten, wurden deshalb gar nicht erst ausgeliefert.
Viele der Besteckmaschinen wiederum, die funktionierten, rosteten auf dem Werkhof, bis sie irgendwann eingeschmolzen und der Stahl dann wieder zu Maschinen verarbeitet wurde. Denn diese Besteckmaschinen waren für den Export bestimmt, aber für den Export war ihr Energieverbrauch zu hoch und deshalb fanden sie keine Abnehmer. Und so wurde überall gearbeitet und das war sinnlos.

Seinetwegen hätten die Besteckmaschinen alle funktionieren und in den Export gehen können, das war ihm ganz egal. Es wäre ihm trotzdem nicht sinnvoller erschienen,

Bohrlöcher zu bohren oder Bolzen zu schneiden. Das würde in hundert Jahren noch gemacht werden und vor hundert Jahren war es auch schon gemacht worden.
Wenn er in diesem Beruf bleiben würde, würde er eines Tages noch im Schlaf Bohrlöcher bohren. Und jeden Tag würde er die gleichen Leute sehen, die die gleichen Handgriffe vollzogen, das gleiche sagten, sich mal über den schlechten Kaffee aufregten, dann über das fade Fleisch, dann wieder über den schlechten Kaffee, dann über die Zugausfälle und über die Zugverspätungen, dann über die defekte Heizung in der Werkhalle, dann über die defekte Heizung auf den Toiletten, dann über die Zeitungen, in denen immer dasselbe stand, dann über die Schlager und weshalb die Schlager im Osten schlechter seien als die Schlager im Westen (weil im Westen Psychologen an den Schlagern mitschrieben, die genau untersuchten, was die Leute hören wollten) und zuletzt über den Parteisekretär, weil der nur redete und nicht arbeitete.
Aber was sollte ein Parteisekretär eigentlich arbeiten, arbeiten konnte für ihn doch bloß reden sein. Man war ungerecht ihm gegenüber und machte sich einen Spaß daraus.
Er konnte den Spaß nicht teilen. Den gab es auch schon seit langem und es würde ihn noch lange geben. Und er fand nur hinter dem Rücken des Parteisekretärs statt, offen redete kaum jemand mit ihm. Es hätte auch keinen Zweck gehabt, offen mit ihm zu reden. Der Parteisekretär forderte zwar immer wieder dazu auf, aber jeder wusste, wie das gemeint war.
Vielleicht sollten all die Probleme, über die sich Leute aufregten, gar nicht gelöst werden. Vielleicht war es beabsichtigt, dass sich die Leute über Kleinigkeiten aufregten

und nicht über wichtige Dinge. Gerüchte dieser Art kursierten. Immer wieder hieß es, dass die alltäglichen Probleme nur der Ablenkung dienten und dass sie eigentlich gelöst werden könnten. Aber wovon sollten die Probleme ablenken? Was waren die wichtigen Dinge? Und wer sorgte dafür, dass die Probleme nicht gelöst wurden? Er wurde nicht schlau daraus.

Eigentlich wollte er mit Politik nichts zu tun haben. Das betonte er auch bei jeder Gelegenheit. In der Politik wurden die politischen Formeln wie Gebete heruntergeleiert. Ein ewiger Singsang war das, ein ewiges Rasselschwingen. Frieden und Gerechtigkeit und diese Dinge, das war gut und schön, aber wen interessierte das.

Ihm hätte es auch nicht gefallen, wenn jemand sich auf seine Kosten bereichert hätte. Und ein Zurück gab es in der Geschichte ohnehin nicht. In das finstere Mittelalter oder in den Kapitalismus wollte sicher niemand mehr. Dagegen war überhaupt nichts einzuwenden.

Aber es befriedigte trotzdem nicht. Es war so selbstverständlich wie alles, was selbstverständlich war. Wenn es schneite, wurden auch nicht immerzu Versammlungen einberufen, auf denen bewiesen wurde, dass es schneite. Aber in der Politik wurde das getan. In der Politik sollte jeder dankbar sein für das, was ohnehin passierte.

Er wollte an dieser Dankbarkeit nicht teilnehmen. Lieber würde er die *Bibel* auswendig lernen oder *Das Kapital*, mitsamt der Fußnoten. Herumstochern in immer den gleichen Wahrheiten konnte schließlich jeder. Er wollte etwas erreichen, was niemand außer ihm erreichen konnte. Er wollte verblüffen, aber er wusste noch nicht, womit.

Man sollte staunen über ihn. Das war ein Vorhaben, über das es sich lohnte nachzudenken.
Niemand in seiner Umgebung ahnte etwas von diesen Gedanken. Sonst hätte man anders mit ihm geredet, vielleicht mit mehr Hochachtung und auch mit etwas Angst. Denn es könnte auch etwas Furchtbares aus ihm werden. Das wusste man nicht. Große Verbrecher waren in ihrer Kindheit oft harmlos gewesen und hatten sich als Erwachsene geschickt zu maskieren gewusst. Es gab genug Kriminalfälle, die das zeigten. Dr. Crippen zum Beispiel, der Säuremörder, war ein biederer Bürger gewesen, dem niemand seine verruchten Taten zugetraut hätte. Oder Cardillac, der Goldschmied, der die Käufer des von ihm gefertigten Schmuckes nachts in den Straßen von Paris erstochen hatte, war als treusorgender Vater aufgetreten. Auch Hitler hatte als kleiner Soldat seine Karriere begonnen. Was einer äußerlich darstellte, hatte wenig zu bedeuten. In jedem schlummerte möglicherweise ein Ungeheuer, auch in ihm. Er las oft Kriminalromane und von daher bezog er sein Wissen.

Einige Leute trauten ihm vielleicht etwas zu, was man von anderen nicht erwartete.
Der Lehrmeister hatte ihm vorausgesagt, dass er in diesem Beruf sicher nicht bleiben werde. Er hatte sich erkannt gefühlt und gleich etwas langsamer gearbeitet. Und eine Bekannte seiner Mutter hatte gemeint, dass er bestimmt ein hohes Tier werden würde, danach zu urteilen, wie er manchmal redete. Es war ihm gar nicht bewusst, dass er irgendwie ungewöhnlich redete, aber wenn es jemand sagte, musste es stimmen. Die Bekannte hatte über die Parteioberen geschimpft und ihn als Beispiel genannt,

dass er auch so reden könnte. Erst war er deswegen beleidigt gewesen, weil er das Parteideutsch nicht ausstehen konnte, aber schließlich war er doch stolz darauf. Wenn man nur politisch gut reden konnte, würde er eben Politiker werden. Zunächst würde er vielleicht als Bürgermeister anfangen und später vielleicht Staatspräsident werden. Er würde jedenfalls eine Menge besser machen, als es jetzt der Fall war. Im Grunde gehörte nicht viel dazu, interessant zu wirken unter den blassen Funktionären. Er müsste nur die Dinge beim Namen nennen, damit hätte er schon genug zu tun, denn es lag ja einiges im Argen in der Gesellschaft. Er würde offen darüber reden und die Probleme ansprechen. Von diesem Moment an würden ihm die Leute zujubeln und auch das nötige Verständnis für Schwierigkeiten aufbringen. Von einem Tag zum anderen würde er natürlich wenig ändern können, das müsste er den Leuten klarmachen. Aber an Mut für Offenheit sollte es ihm nicht fehlen. Solange er nichts verbergen würde, könnte er nur Zustimmung ernten.

Eine Weile widmete er sich solchen Reformplänen. In einer großen Versammlung erwarteten alle von ihm eine Rede, der sowieso niemand zugehört hätte. Er aber redete, ohne vom Blatt abzulesen, und seine Reden wurde begeistert aufgenommen. Er sah sich diskutieren und Entscheidungen treffen, die seine Mitarbeiter erst nicht einsahen, dann aber erkannten sie, dass er doch Recht gehabt hatte. Staatsmännische Qualitäten traute er sich durchaus zu.
Bald jedoch sah er ein, dass er wohl übertrieb. Er war nicht einmal Mitglied der Partei und hatte auch nicht vor, das zu werden. Und ohne diese Mitgliedschaft hatten seine Pläne keine Chance.

In der Partei war jedes zweite Wort Frieden und jedes dritte Wort Arbeit und beides waren nicht unbedingt seine Interessen. Der Frieden sollte ständig geschaffen werden, obwohl er doch existierte. An jeder Straßenecke wurde zum Frieden aufgerufen.
Man konnte keinen Schritt gehen, ohne sich zu erbrechen vor lauter Frieden. Wäre es nach ihm gegangen, wäre dieses Wort für die nächsten fünfzig Jahre verboten worden. Die Leute ekelten sich vor diesem Wort und dieser Ekel würde dann aufhören.
In der Politik würde er also das Staunen, von dem er träumte, nicht erreichen. Dafür war die Politik zu fantasielos. Und wer weiß, wie lange man seinem Treiben zusehen würde, ohne einzugreifen und ihn verschwinden zu lassen. So etwas passierte manchmal ziemlich schnell und Nachfragen waren dann zwecklos. Oder man würde ihn im Hubschrauber abstürzen lassen, wie einen hohen Funktionär, der in Libyen auf diese Weise verunglückt war. Vielleicht sollte er sich zunächst einmal auf bescheidenere Dinge konzentrieren.

In seiner nächsten Umgebung gab es ausreichend Probleme. Unter seinen Kollegen war er nicht gerade beliebt. Er hatte einmal gesagt, dass die Arbeitslosenstatistik in den kapitalistischen Ländern für eine Verschärfung der ökonomischen Krise spreche und da hatten Mitlehrlinge losgeprustet und ihn als Rote Sau bezeichnet. Wie komisch sein Satz war, verstanden sie nicht. Schon die Zeitungsmeldungen, in denen solche Aussagen gemacht wurden, waren eigentlich komisch. Denn laut den Zeitungsmeldungen stiegen die Arbeitslosenzahlen, vor allem in den USA, von Monat zu Monat, verglich man aber die neuesten Zahlen mit denen der Vormonate oder mit denen des Vorjahres, so waren die neuesten Zahlen niedriger als die alten und trotzdem hieß es, die Arbeitslosenzahlen seien gestiegen. Das war ihm schon vor einigen Jahren aufgefallen, weil er eine Zeitlang geglaubt hatte, dass tatsächlich eines Tages alle Länder sozialistisch werden würden, wenn die Arbeitslosigkeit in den kapitalistischen Ländern nur hoch genug stiege. Deshalb war es für ihn komisch, dass die Arbeitslosigkeit immer gleich blieb, gleichzeitig aber immer stieg. Es hätte ihn zwar gefreut, den ganzen Kapitalismus auf einmal zusammenbrechen zu sehen, aber danach sah es im Moment eigentlich nicht aus.

Seine lieben Kollegen wollten von solchen Zusammenhängen nichts wissen. Ihretwegen könnte wahrscheinlich die ganze Welt zusammenbrechen und sie würden sich trotzdem weiter über das Betriebsessen und über kaputte Toiletten aufregen. Arbeiter konnte man mit Gedanken eben quälen und wer sein Leben lang Arbeiter blieb, würde auch immer gequält werden.

Rote Sau war noch eine harmlose Bemerkung, fast ein Kosename. So wurde mittlerweile jeder genannt, das war regelrecht Mode geworden, ähnlich wie das Pfennigspiel, bei dem man mit Pfennigen Tore aufbaute und zwischen zwei Pfennigen einen dritten hindurchschnipste, bis der ins Tor gelangte, was eine ziemlich eintönige Unterhaltung war.

Ihn hatte man aber zuerst Rote Sau genannt und erst nach und nach war es eine allgemeine Bezeichnung geworden. Wahrscheinlich spürten seine Kollegen, dass er anders war als sie. Und so etwas wurde nie gern gesehen. Er redete ja auch wenig mit ihnen und deshalb dachten sie wohl, dass er sie verachtete. Dabei kam es aufs Reden gar nicht an.

Einer, der an der Maschine neben ihm arbeitete, hatte erzählt, er würde zu Hause im Schweinestall wohnen. Weil er seine Eltern nicht mehr sehen wollte, hatte er sich im Schweinestall ein Zimmer eingerichtet, zu ebener Erde und von den Schweinen nur wenige Meter getrennt. Er würde jeden Morgen vom Grunzen der Schweine geweckt werden, sagte er. Kian glaubte ihm das nicht.
- Wenn du mir nicht glaubst, besuche mich doch.
Er wollte an seinem achtzehnten Geburtstag seine Eltern anzeigen, weil sie ihn im Schweinestall wohnen ließen.
- Ich denke, du hast dir selbst dieses Zimmer ausgesucht?
- Na und. Sie dürften trotzdem nicht zulassen, dass ich dort wohne.
Ob die Erzählung nun stimmte oder nicht, was sagte das schon. Vielleicht stimmte sie, vielleicht auch nicht. Vielleicht war es gar nicht ungewöhnlich, im Schweinestall zu wohnen, nur ihm kam es ungewöhnlich vor. Oder es kam ihm nicht ungewöhnlich vor und er glaubte, dass es ihm ungewöhnlich vorkommen müsse. Es war wohl ungewöhnlich, nur er empfand es nicht so, spürte aber, dass er es hätte empfinden müssen. Vielleicht hätte jeder andere an seiner Stelle bei dieser Erzählung gelacht. Vielleicht lachte der andere über ihn, weil er nicht über seine Erzählung gelacht hatte. Vielleicht hatte der ihn nur auf die Probe stellen wollen und die Erzählung erfunden. Oder er wollte Mitgefühl oder Hilfe. Vielleicht sollte er ihm wenigstens bestätigen, dass er Recht hatte im Streit mit seinen Eltern. Vielleicht sollte er ihn deshalb sogar besuchen. Er sah sich schon in eine Prügelei hineingeraten oder aus

dem Schweinestall fliehen, weil sein Vater dazukam, wie er gerade bestätigte, dass er zu Unrecht hier wohne.
Es war jedenfalls schwer, sich in einer solchen Angelegenheit zurechtzufinden. Und das war eine Verwirrung, die durch Reden entstand.

Kian fand sich hässlich. Seine Nase war zu breit geraten. Sein Kinn stand zu weit vor. Seine Ohren waren zu groß. Im Mund spürte er oft einen leichten Fäulnisgeschmack.

Er musste fast immer grinsen, wenn jemand ihn anblickte. Sein Gesicht verzog sich allein zu einem Grinsen, ohne dass er es wollte. Richtig lachen konnte er nicht. Sein Lachen klang hölzern und sein Mund blieb steif, wenn er lachte, als würde er gurgeln.

Er beobachtete sich genau, deshalb wusste er das. Und er wusste auch, was es bedeutete. Jemand, der nur grinste und nicht lachen konnte, war irgendwie anbiedernd, wie ein geprügelter Hund, der Schutz und Wärme suchte. Und so einer wollte er nicht sein. Dabei stimmte es wahrscheinlich, dass er Schutz und Wärme suchte, auch wenn er selbst darüber grinsen musste. Nur im Halbschatten schien ihm sein Gesicht interessant zu sein. Dann sah es streng aus und ein wenig unheimlich und das gefiel ihm. Es ließ auf Charakter schließen, den er sonst nicht hatte. Sonst zerfloss in ihm alles, was auf ihn eindrang. Er wurde ständig umhergeschoben, von einer Entscheidung zur andern.

So gut kannte er sich schon, dass er das sagen konnte. Er hatte sowieso nicht die Kraft, sich zu ändern. Außerdem wusste er nicht, wie er werden wollte, also hatte es auch keinen Sinn zu überlegen, wie er sich ändern könnte.

Höchstens schlimme Veränderungen traute er sich zu.

Sein Kopf pendelte manchmal zwischen Bildern umher, die ihn erschreckten.

Seiner Mutter hatte er einmal alle Finger abgeschnitten. Sie hatte am Küchentisch gesessen und er hatte Brot geschnitten und dabei hatte er sich zusehen können, wie er das Messer hob und sie die Hände still hielt, als er ihr die Finger abschnitt.
Und in der Nacht darauf hatte er geträumt, dass er seinem Vater den Kopf abgeschnitten hätte. Ohne Kopf hatte sein Vater mit ihm geredet. Er hatte seinen Physiklehrer gefragt, der neben ihm stand, wie es möglich sei, dass jemand ohne Kopf reden könne.
- Köpfe sind aus Stoff und Stoff muss nicht sichtbar sein, hatte ihm der Physiklehrer erklärt.
Manchmal stellte er sich vor, dass er während eines Gesprächs jemandem die Augen ausstechen würde. Einfach die Hand auszustrecken, die Finger zu spreizen und zuzustechen, das konnte so schwierig doch nicht sein. Es erstaunte ihn, dass noch niemand auf diese Idee gekommen war.
Dann wieder sah er Würmer über die Gesichter fremder Leute kriechen. Münder öffneten sich und waren voll von dem Getier. Haut platzte und die Tierchen badeten im Blut.
Er dachte, dass es eine Auszeichnung war, die Würmer zu sehen. Bestimmt sah sie nicht jeder. Er konnte sie sehen, obwohl er wusste, dass sie nicht da waren. Er hatte es schwerer als andere, viel schwerer. Er lebte irgendwo am Rand von etwas ganz Schlimmem.
Außerdem erweiterte sich sein Wissen dadurch. Die vielen schönen Dinge, an die andere glaubten, waren nur harm-

loses Gerede. Wer sein Wissen hatte, konnte an etwas Schönes gar nicht mehr glauben. Jeder log doch im Grunde, wenn er von schönen Dingen redete.
Er dachte eben negativ. Er glaubte niemandem eine Schwärmerei oder ein Lob oder etwas dergleichen. Jedes Lob war nur vorgetäuscht, wer lobte, wollte nur zeigen, dass er loben konnte. Jedes Lob lobte nur den Lobenden selber.
Er sah nun einmal schärfer als andere. Andere lebten in den Tag hinein, wie in Daunenbetten, während er über Glasscherben schritt und zwar mit nackten Füßen.

Seine Träume bestätigten das.
Einmal hatte er von einem Lexikon geträumt. Das Lexikon lag auf einem Stehpult. Er blätterte darin und las einen Artikel unter dem Stichwort *Juden-Fiaker.* Er konnte die Worte genau erkennen.
Juden-Fiaker: Ösen in den Mänteln und Kleidern der Juden im Mittelalter, die um Geländer geschweißt oder gepresst waren.
Unter dieser Erklärung war eine Zeichnung: Ein wehender Mantel, stürmisch voranschreitende Füße und in dem Mantel eine Öse, die um ein Geländer geschwungen war.
Erst mit dieser Zeichnung verstand er auch den Sinn der Worte. Die Juden durften sich im Mittelalter offenbar nur an Geländern durch die Städte bewegen.
Und die letzte Bemerkung des Artikels hatte gelautet: *Die Juden-F. wurden nur vorübergehend genutzt.*
Dieser Traum hatte ihn fast noch mehr erschreckt als der über Hitler. Jetzt dachte er sich im Traum also schon Foltermethoden aus. Und Juden kannte er gar nicht. Er kannte nicht einen einzigen Juden.

Nach dem Aufstehen hatte er im Waschbecken ein Haar seiner Mutter entdeckt.
- Das ist bestimmt ein jüdisches Haar, hatte er gedacht und war auch darüber erschrocken. Den ganzen Vormittag lang waren ihm die Worte *Jude* und *jüdisch* nicht aus dem Kopf gekommen.
In einem anderen Traum war er mit einer Machete bewaffnet durch ein Flugzeug gelaufen, das ins Meer gestürzt war. Er wollte die Evakuierung der Fluggäste organisieren. Er ließ Seile aus dem Flugzeug werfen, von denen die Passagiere aus dem Flugzeug klettern sollten. Als ein Mann sich vordrängeln wollte, schlug er ihm mit der Machete die Hand ab. Die anderen Passagiere blickten betreten zur Seite. Der Mann verkroch sich in einem Gebüsch, das Flugzeug stand plötzlich auf einem Hügel. Er sah die Hand des Mannes in einer Plastiktüte.
Die Evakuierung gelang aber, auf Skiern fuhren die Passagiere den Hügel hinab, direkt in ein Theater hinein, in dem ein Märchenstück gespielt wurde. Er war noch nie mit einem Flugzeug geflogen und eine Machete kannte er nur aus Abenteuerbüchern und trotzdem träumte er so und das bedrückte ihn.
Sich selbst hatte er im Traum einmal den Penis abgerissen. Er hatte ein langes Stück Haut auf seinem Penis entdeckt, das wie ein Schlauch zur Seite hing, und als er die Haut abziehen wollte, hatte er gleich den ganzen Penis abgerissen. Glücklicherweise hatte er da beim Arzt gesessen und der Arzt hatte ihm den Penis wieder annähen können.
Und weil er solche Dinge träumte, glaubte er nicht an das Gute.

Es wunderte ihn auch, dass er oft an die Juden dachte, obwohl er schon vor dem Wort erschrak, als wäre allein dieses Wort verboten.
Sein Vater redete nie über die Juden. Nur die Konzentrationslager erwähnte er manchmal, aber in denen waren ja meist Kommunisten umgebracht worden. Sogar die Haut hatten die Nazis den Kommunisten abgezogen und für Lampenschirme benutzt, das war eigentlich unvorstellbar. Kurz nachdem sie von der Schule aus ein Konzentrationslager besucht hatten, hatte er zu hungern begonnen, weil er sehen wollte, wie weit er abmagern konnte. Lange hatte er das aber nicht durchgehalten. Sogar die Augenhöhlen hatte er sich vor dem Spiegel schwarz gemalt, um verhungert auszusehen.
Er wollte damit zu den Schwachen gehören, zu denen, die Widerstand leisteten. Widerstand war doch immer etwas Heroisches. Wogegen er Widerstand leisten wollte, wusste er nicht so genau.
Seinen Vater hätte er gerne näher befragt, wie das damals bei den Nazis mit den Konzentrationslagern war, aber der erzählte nur immer die gleiche Geschichte. Oder er lobte die Kameradschaftlichkeit, die geherrscht hatte. Damals waren die Menschen noch aufrichtig gewesen, behauptete er. Kriegskameradschaft habe damals geherrscht. Und schon in seiner Jugend hatte er mit Freunden weite Radtouren unternommen und abends am Lagerfeuer gesessen, das war noch eine romantische Zeit gewesen. Heute waren solche Wanderungen, wenn sie von der Schule veranstaltet wurden, viel zu politisch, als dass sie romantisch sein konnten. Am Lagerfeuer sollten heute Kampflieder gesungen werden. *Da steht ein Mann, so fest wie eine Eiche, vielleicht ist er schon morgen eine Leiche,* so etwas zum Beispiel.

Karl Liebknechts Tod wurde in diesem Lied beschrieben, obwohl Karl Liebknecht eher schmächtig gewesen war, den Fotos nach zu urteilen, und gar nicht an eine Eiche erinnerte.
Aber so in die Massen hineinzubrüllen, wie er es getan hatte und sich feiern zu lassen, ohne dass die Stimme zitterte, das konnten sicher nur wenige. Karl Liebknecht hatte im Parlament auch als einziger gegen die Kriegskredite gestimmt und da war er selber niedergebrüllt worden.
Eigentlich war nur der Mut entscheidend, gegen alle anderen zu stimmen, ob nun für oder gegen den Krieg. Und im Nachhinein hatte Karl Liebknecht ja recht behalten mit seinem Nein, das kam noch dazu. Im Widerstand recht zu behalten, das musste sehr befriedigend sein.

Er hatte statt dessen gegen seinen Vater Widerstand zu leisten und das war nicht so befriedigend.
Als sich herausgestellt hatte, dass er eine Brille benötigte, hatte sein Vater es abgelehnt, ihm eine andere als eine Hornbrille zu kaufen, angeblich, weil eine gutaussehende Brille zu teuer war.
- Lerne erst einmal, ordentlich zu gucken, ehe du Ansprüche stellst, hatte sein Vater gesagt.
Er hatte die Brille nicht getragen und sich von seinem ersten Lehrlingsgeld selbst eine neue gekauft, eine mit getöntem Glas sogar, die in der Helligkeit dunkler wurde, so dass er aussah wie ein Mafiosi. Auch darüber hatte sein Vater seine Bemerkungen gemacht.
- Willst dich wohl blind stellen? Siehst aus wie einer, der auf kleine Kinder losgeht.
Auf solche Sätze zu antworten, war nicht einfach. Sein Va-

ter war einfach schlagfertiger, so militärisch abgehackt, wie er meist sprach.
Frauen waren nicht so schlagfertig, bis auf seine Mutter, die machte da eine Ausnahme. Das färbte eben ab, wenn man so dicht beieinander lebte wie in einer Ehe. Aber gegen einen Mann sich zu wehren, war viel schwerer. Eine Frau hätte bestimmt nicht seine Träume gehabt. Vielleicht träumte eine Frau mal, dass ihr das Blut zwischen den Beinen herauslief, aber das war ja auch in Wirklichkeit so. Frauen begingen nie einen Mord, jedenfalls hatte er das noch nicht gehört. In Paris sollte es mal eine Giftmischerin gegeben haben, die gemordet hatte, aber sonst?
Als Kind hatte er geglaubt, dass Frauen nie pullern müssten, weil ihnen unten was fehlte.

Er dachte oft über Frauen nach. Das war nämlich ein gesondertes Kapitel, sein Verhältnis zu Frauen.
Eigentlich war er überzeugt davon, dass ihn niemals eine Frau lieben würde. Er dachte an Beethoven dabei, an die 9. Sinfonie, an deren Schlußsatz und dass er die dort besungenen Ideale niemals erreichen würde. Offen und frei einer Frau gegenüberzutreten, verträumten Blickes, mit all der Ehrlichkeit, die dafür wünschenswert war, das würde ihm niemals möglich sein.
Er war zu verlegen, wenn er mit Frauen sprach. Und die Frauen durchschauten ihn sowieso und wussten genau, was er von ihnen wollte. Sie mussten ja merken, dass er ihnen nicht zuerst in die Augen blickte, sondern ganz woandershin, als ob er ein Kannibale wäre, der die Rundungen abschätzte und mit seinem Hunger verglich. Er hätte das umgekehrt auch nicht gern gehabt und trotzdem ver-

hielt er sich so. Er zwang sich manchmal, Frauen in die Augen zu sehen, aber seine Blicke rutschten immer wieder nach unten.
Andererseits kam es ihm vor, als ob Frauen gerade das wollten, jedenfalls wenn sie an einer gewissen Stelle etwas zu bieten hatten. Die anderen versteckten diese gewisse Stelle wohl lieber, aber die sie nicht zu verstecken brauchten, zeigten sie auch gern. Er kannte einige Beispiele dafür. Vielleicht war es die berühmte Gemeinheit der Frauen, dass sie mit den Männern spielten und dass sie die Blicke erst haben wollten, um sich dann über sie aufzuregen. Frauen sollte man alles zutrauen, vor allem alles Unlogische, hatte er gehört, und das stimmte sicher. Männer waren ja die logischen Wesen, die nach Klarheit strebten, während für Frauen Klarheit nicht so wichtig war.

Er sah das an Kathrin. Kathrin war eigentlich seine Freundin. Ihr Verhältnis war so, dass er das sagen konnte.
Nachdem er Kathrin zum ersten Mal ins Kino eingeladen hatte, hatte sie ihn gefragt, ob er mit jedem Mädchen gleich ins Kino gehe. Das hatte sich angehört, als ob er etwas Ärgeres gefragt hätte, aber das hatte er nicht. Wahrscheinlich wollte sie ihn mit dieser Frage erschrecken oder ihm zeigen, dass sie nicht leicht zu haben sei. Sie war drei Jahre älter als er und vielleicht schon auf Sicherheit bedacht.
Im Kino hatte er immerzu überlegt, wie er sie berühren könnte. Wenn Worte ihn nicht weiter brachten, musste er eben andere Mittel einsetzen.
Zuerst hatte er sein Bein an ihres gelehnt, aber sie hatte ihr Bein zurückgezogen. Das könnte auch Zufall sein, hatte er

überlegt und es noch einmal versucht. Sie hatte ihr Bein aber wieder zurückgezogen. Vielleicht war ihr diese Annäherung zu direkt oder, weil sie mit den Beinen geschah, sogar zu schmutzig.
Er wartete, dann legte er seine Hände in den Nacken und nach einer Weile streifte er beim Herunternehmen der Hände ihre Schulter. Er entschuldigte sich gleich dafür, hoffte aber, dass sie sagen würde, es sei ihr angenehm gewesen. Stattdessen sagte sie, dass die hinter ihnen Sitzenden wenig sehen würden, wenn er seine Arme in den Nacken lege. Deshalb saß er eine Weile still. Dann schob er seinen Arm auf die Stuhllehne, wo auch ihr Arm lag. Er musste seinen Arm fast in der Schwebe halten, weil er sonst ihren Arm von der Lehne heruntergeschoben hätte. Sie schien das aber zu merken und machte ihm ein wenig Platz. Das war nun endlich ein deutliches Zeichen dafür, dass sie seine Nähe ertrug.
Er wollte sich aufrichtig um sie bemühen und wenn sie Schwächen an ihm fände, würde er diese Schwächen ändern. Sie wirkte so anständig auf ihn, dass er einfach nach Fehlern suchen musste, die er ihr gegenüber machen könnte.

Nach dem Kino brachte er Kathrin nach Hause. Im Hausflur gab sie ihm einen Kuss auf die Wange.
Er lief Heideröslein-singend durch die nächtlichen Straßen, spielte mit einem Pflasterstein Fußball, wobei sich die Sohle an seiner Schuhspitze löste, was ihn auf die Idee brachte, den Schuh nicht zum Schuster zu bringen, sondern sich als Andenken an seine erste Liebe aufzubewahren. Noch seinen Kindern könnte er diesen Schuh einmal zeigen.

Kathrin durfte er das nicht erzählen, sie würde es nicht verstehen. Er war eben leichtsinniger als sie, aber Gegensätze zogen sich an, deshalb war das überhaupt kein Problem.

Kathrin hatte jeweils an den Samstagnachmittagen für ihn Zeit. In der Woche musste sie arbeiten und abends war sie dann müde.
Er kam stets pünktlich. Sie sollte wissen, dass man sich auf ihn verlassen konnte. Da sie älter war als er, wollte er den Altersunterschied durch Zuverlässigkeit wettmachen.
Begrüßt wurde er mit einem Kuss auf die Wange. Im Flur standen Pantoffeln für ihn, die sie extra gekauft hatte. Überhaupt blitzte ihre Wohnung und nirgendwo lag ein Staubkörnchen. Das Sofa und die Sessel waren mit weißen Fellen überzogen. An der Wand hing eine Kuckucksuhr. Unter der Glasplatte des Sofatisches lagen Flamingos aus Stroh.
Meist hatte Kathrin Kuchen gebacken, den sie mit Schlagsahne servierte. Sie selbst aß aber kaum von der Schlagsahne. Er half ihr den Kuchen in die Stube zu tragen.
Ihre Gespräche drehten sich meist um ihre Arbeit. Sie war Verkäuferin von Miederwaren. Er hatte geglaubt, dass nur Unterwäsche dazu gehörte. Doch das Sortiment umfasste Handtücher, Bettbezüge, Bettlaken, Kopfkissen, Taschentücher und dergleichen mehr.
Eigentlich machten erst die Versorgungsprobleme ihre Arbeit interessant. Bettwäsche und Handtücher hatten beinahe den Wert einer zweiten Währung, so selten gab es sie in einer ordentlichen Qualität zu kaufen und deshalb war ihre Arbeit besonders begehrt. Eine ihrer Kolleginnen hatte ihren Beruf als Laborleiterin in einer Arznei-

fabrik aufgegeben und als Verkäuferin angefangen, mit der Begründung, sie wolle auch einmal das kaufen, was sie sonst nicht bekommen würde.
Man konnte als Verkäuferin anderen helfen und hin und wieder was Gutes zurücklegen. Wenn gerade eine Hochzeit war und eine Aussteuer zusammengestellt werden sollte, machte man sich damit besonders beliebt.
Jeder durfte aber nicht wissen, welche Waren gerade im Angebot waren, für alle reichten sie schließlich nicht.
Mit solchen Gesprächen vergingen die Nachmittage. Er fühlte sich mit der Zeit schon so bewandert auf diesem Gebiet, dass er sich beinahe zugetraut hätte, selbst als Verkäufer zu arbeiten.
Manchmal kauften auch Männer BH's, für ihre Frauen oder Freundinnen, und meist wussten sie dann die entsprechende Größe nicht. Da herrschte immer Verlegenheit. Ein Mann hatte die Finger gespreizt in solch einer Situation und gesagt:
- Zwei Hände voll.
Oder die Männer wiesen auf die Brüste der Verkäuferin und sagten:
- Etwa wie Sie.
Oder:
- Etwas kleiner als Ihre.
Es war aber auch schwer, eine BH-Größe zu beschreiben. Er hätte auch nicht gewusst, wie man das machen könnte. Am besten, die Frauen machten das selber.

Er trank vier oder fünf Tassen Kaffee an diesen Nachmittagen, worüber Kathrin immer von neuem erstaunte, woraufhin er oft noch eine Tasse mehr trank, um sie zu verblüffen. Sie sollte bloß nicht denken, dass er zu

jung wäre für starke Getränke. Vertragen konnte er einiges.
Dass er die Gespräche ertrug, war schließlich auch ein Zeichen von Ausdauer. Er hätte gern einmal über etwas anderes geredet. Über seine Arbeit sollte er jedoch nicht reden. Sie konnte große Betriebe nicht leiden, da arbeiteten ihr zu viele Männer und das wirke sich auf das Klima aus, meinte sie. Aus diesem Grunde verstand sie nicht, dass er drei Jahre zur Armee ging. Er hätte seinen Entschluss ja gerne rückgängig gemacht, aber dafür war es zu spät, die Verpflichtung galt nun einmal.
So blieb nur das Thema Familie, über das sie noch reden konnten.
Er lenkte immer von ihren Fragen nach seinem Onkel ab, weil so ganz verstand er dessen Krankheit auch nicht.
Dafür zeigte er einen Brief, den er von seinem Cousin bekommen hatte. Es war ein ziemlich merkwürdiger Brief.

Heute, es sind noch 10 Tage bis zum heiligen Abend, möchte ich Dir auch mal ein paar Zeilen schreiben. Ein unbeschriebenes Blatt Papier liegt vor mir auf dem Tisch, ich habe so viel im Kopf das es drei mal voll werden könnte doch ich weiß nicht wie ich anfangen soll. Im Hintergrund die Musik von Dipörpel Duft von Farblosem Lack alles das in meinem Zimmer. Neben mir brennt eine Kerze damit mir entlich mal wie Weihnachten wird es liegt immer noch kein Schnee heute Mittag waren es 10° C plus aber, nicht minus also keine weiße Weihnacht. So der Anfang ist gemacht das Blatt hat schon 10 Zeilen.
Da geht ein Jahr zu Ende das voller guter aber auch schlechter Überraschungen gewesen ist. Am Ende sagt man sich das wohl doch das gute überwogen hat was man

dann wiederrum wohl selbst nicht glaubt. Glauben, das ist es wohl wonach wir alle suchen, nein wohl doch nicht, die einen bringen sich aus glauben gegenseitig um, die anderen überschütten sich förmlich mit liebe gegenseitig.
Was soll man dazu noch Denken siest Du das wäre es wenn alle auf dieser kaputten Welt nachdenken oder wenigstens denken würden, dann würden vielleicht in den Nachrichten im Fernsehen statt Krieg auch mal Friede und Freude so aufgepunscht werden.
Nun man kann da wohl nichts dran ändern jeder schlägt sich wohl oder übel auf seine weise durch. Für mich bringt hoffentlich das neue Jahr mehr und besseres als das alte.
Im März also noch 3 Monate soll nun doch die Lehre Tischler anfangen das kennst du ja von deinem Vater. Ich setze mich also mit 18 Jahren nochmal auf die Schulbank lerne etwas föllig anderes was ich vor 2 Jahren schon einmal wollte nur nicht durfte.
Wenn ich mit der Ausbildung fertig bin werde ich 20 Jahre, zu spät? Ich glaube nicht obwohl mir das alles nicht bestimmt nicht leicht fallen wird. Egal ich werde es durchziehen und versuchen soviel wie nur möglich mitzunehmen von dem Wissen was man mir gibt.
Verliebt habe ich mich auch und das ist wieder so ein problem denn es ist kein gewöhnliches Mädchen, nein denn es ist eine Verwandte Dir zwar nicht Bekannte mir dafür um so mehr.
Nicht nur das sie Inka Ploffke ist meine wie auch Deine Großkusine noch dazu als wenn es das fehlende i-tüpfelchen währe ist sie auch erst 14 1/2 Jahre.
Dies alles stört uns beide nicht denn wir lieben uns sehr halten es alleine kaum noch aus für mich kurz um gesagt der Traum von einem Mädel mit einem duften Karakter.

Nur darf man nicht fragen die Verwandten wenn sie auch alle wissen sie glauben nicht an uns rümpfen insgeheim vielleicht noch die Nase, ja die Nase, die mancher Mensch sicher zu hoch hält doch ich kann blos hoffen das sie dadurch stirbt natürlich die Nase was sonst hättest Du gedacht es liegt ja auch so mancher schlechter Geruch in der Luft.
Nun ja, die Luft ist das entscheidene für die Nasen und so können wir blos hoffen das die Luft sich ändert damit die Nasen wieder das werden was sie mal waren. Dies alles ist sehr schwer zu verstehen ja sicher nicht nur für mich sondern auch für Dich sondern auch für Inka. Denn was ist schon dabei wenn ich die Tochter des Cousengs von meinem Vater liebe, ehre und achte nein nicht bis der Tod euch scheidet soweit ist es noch nicht, nur davor haben sie warscheinlich alle Angst das sie sich alle wiedersehen auf einem Fest wo normalerweise zwei verschiedene nicht miteinander Verwandte Familien miteinander Verwandt werden. Schlim wird mancher denken, wenn nun so ein Fest nur mit Verwandten die schon Verwandt miteinander sind nochmal Verwandt miteinander werden. Sie werden sich sehen in einem großen Spiegel wovor sie warscheinlich und das wird der Grund sein sich fürchten. Fürchten vor den eigenen Verwandten, ja denn die ihnen gegenüberstehen, also sich fürchten vor sich selber. Was haben wir doch für tolle Verwandte?
Wir selber, Inka und ich haben keine Angst vor dem Spiegel deshalb gehen wir unseren Weg der uns vor den Spiegel fürt.
Du fragst Dich vieleicht warum schreib ich im Kreis nun ja die Antwort ist einfach das ganze ist für mich ein Kreis, ein Kreis in dem ich mal innen und mal außen stehe und

vieleicht auch mal auf der Linie. Ich schau in den Spiegel und sehe, ja was sehe ich da, einen Verwandten, einen der so aussieht wie ich, ja ich bin es selbst der Spiegel lügt nicht!
Inka hilft mir über viele »Brücken« wo ich vorher gesagt habe das schaffe ich nich, geht auf einmal sehr gut. Man muß unbedingt ein Ziel haben das habe ich jetzt verstanden.
Vorher da habe ich einfach so in den Tag hinein gelebt jetzt ist das ganz anders man weiß wofür man sich durchs leben schlägt und wenn man zusammen erst einmal erfolge hat macht es noch mehr spaß.
Ansonsten hoffe ich geht es Dir recht, im großen und ganzen nicht schlecht, vieleicht könnte es Dir besser gehen, doch währe das Leben dann noch so schön?

Nun jetzt muß ich aber schluss machen
will noch einen Vogelkäfig bauen da
ich bald wieder einen bekomme aber ich möchte
diesmal aber einen größeren deshalb muss ich
einen größeren Käfig haben.

Tschüß und ich wünsche Dir ein frohes (Weihnachts-)
Feste, halt Dich fit
bis bald
Dein Couseng

PS: Wenn ich jetzt zurücksehe kann ich nur über mich selber staunen wieviel ich geschrieben hab.

Er kannte den Cousin nur flüchtig. Zweimal hatte er mit ihm Fußball gespielt, was jedoch einige Jahre zurücklag.

Der Cousin schrieb ihm regelmäßig, obwohl er selten antwortete.
- Warum zeigst du mir den Brief?, fragte Kathrin.
Das wusste er auch nicht. Einige Stellen waren doch ganz spannend zu lesen.
Sie fand den Brief traurig.
Ja, eigentlich war er taurig.
Es war nun das zweite Mal, dass sein Cousin heiraten wollte. Seine Lehre als Eisenbahner hatte er wegen gesundheitlicher Probleme abgebrochen. Welcher Art die gesundheitlichen Probleme waren und inwiefern er als Tischler weniger gesundheitliche Probleme haben würde, das schrieb er nicht.
Sein Stil in den Briefen war immer der gleiche.

Ach das weißt Du ja noch garnicht Vati und ich hatten einen Unfall er ist mit 80 km/h die Kurve gefahren wo glateis war hat eine Vollbremsung gemacht und sich dann einmal überschlagen ein hoch der Sicherheitsgurte sonst wären wir beide Tot und ich würde dir nicht mehr schreiben.
Das war ein Tag vor Weihnachten als ich ausgestiegen war was garnicht so einfach war (steig du mal verkehrtrum aus dem Auto) hab ich als erstes gesagt ich fahre nicht mehr mit ihm mit und er war ganz schön sauer.
Das scheiß Auto ist wieder Schrott Gutachter war schon da wieder neue Karosse ist schon überall bekannt dicke Versicherungsakte und so weiter.
Sonst ist alles beim alten nur habe ich keine Lust mehr auf Schule ist alles egal die Zensuren Hageln jetzt nur so ich weiß auch nicht was mit mir los ist es fehlt mir wohl eine Freundin die mich mal richtig zusammenstaucht.

M + V machen das gar nicht mehr Mutti füttert unsere Kleine neue Katze bis zum umfallen (das was meine Brüder früher bekommen haben sozusagen) man merkt sie ist viel zu alleine V hockt entweder vor dem Fernseher oder vor dem Schreibtisch zum ausruhen geht er mit dem hund eine runde auf dem hof und sagt immer wieder »schöner, süßer«, u. s. w.

Liege gerade in meinem Zelt will heute die dritte Nacht drin schlafen, das Zelt habe ich von M + V zum Zeugnis bekommen V hat dazu gesagt das ich der letzte bin da kann man so etwas schon mal machen und ich soll es mir gründlich überlegen ob ich später auch von zu Hause weg gehen will wie meine Brüder oder nicht. Ich nenne so etwas Bestechung und das geht bei jeder gelegenheit so kannst du mir mal sagen was ich machen muss damit er aufhört.

Vorige Woche bin ich auf die Hand gefallen und nun liegt sie in einer Binde kann den Daumen nicht mehr bewegen man gut das ich nicht auf den Kopf gefallen bin ich meine das bin ich sowieso schon öfters das macht man ja wohl auch oder?
Heute bin ich die Treppe im Haus runtergegangen und da die zweite Stange die den Teppich hält nicht drin war flog ich der länge nach rückwärts runter ich blödmann nehme natürlich meine Hand zum auffangen und das ist nun die Bescherung ich kann den Daumen garnicht mehr bewegen zum glück im unglück ist es der linke Daumen.
Ernst geht es mir ganz gut hab ich eigentlich schon geschrieben das ich mir ein Motorad gekauft habe eine 150 TS die fährt noch satte 100 km/h eigentlich noch viel

zu schnell für mich. Das Moped werde ich verkaufen ist eigentlich schon fast verkauft auf jedenfals lässt sich ein abnehmer nicht suchen willst du es vieleicht kaufen?
Mit Moped oder Motorrad prale ich eigentlich nich auch nicht vor Jungen das ist nicht meine Art vieleicht und sicher nicht nur vieleicht bin ich einfach zu Schüchtern.
Es währe aber bestimmt mal nicht schlecht einen auftrieb zu haben bis jetzt hab ich blos tiefen vor mir.
Mit M + V komme ich immer weniger zurecht wird doch zeit das ich aus dem Haus komme, dauert nicht mehr lange und die werden sich umkucken wenn sie alleine am Tisch sitzen und keiner mehr läuft, holt und Schuhe putzt.

Nach dem letzten Brief ist viel passiert ich bin vom Zivilverteidigungslager zurück war ein ganz schöner stress habe gestern 38 Stunden nicht geschlafen vom Mittwoch zum Donnerstag hatte ich Nachtwache, Donnerstag zum Freitag haben wir gefeiert abschluss und weil wir nicht ruhig waren haben die Rinsfiecher 3 mal gefechtsarlarm gemacht beim dritten mal haben wir uns nicht noch umgezogen sondern sind gleich aufgeblieben und haben Skat gespielt und auf den nächsten Alarm gewarttet.
Hier zu Hause ist es furchtbar V ist doch da ich weiß nicht warum und Dieter und Frau ist da sie machen das Dach in der Veranda es soll von unten getäfelt werden. Heute morgen hat sich Karola ein ding geleistet sie hat die Kinder auf die Treppe gesetzt und Trieola spielen lassen nach ner Weile wo ich dann wach war hat sie dann zu den Kindern gesagt sie können aufhören ich werde wohl jetzt wach sein. Das ich das gehört habe war ihr pech, aber abgestritten hat sie doch. Nicht mal Ausreißen kann ich weil ich am Montag mit dem Knie gegen die Tür gestoßen bin so das mein

Knie wieder wahnsinnig schmerzt und ich überhaupt nicht auftreten kann Doktor Heuch meint es ist der Minikus wenn das stimmt hab ich nen Dreck. Hab erst mal ne Überweisung zum Ortopäden bekommen und ein Schonplatz ab nächste Woche für zwei Wochen.
Mit Angela meiner Freundin bin ich jetzt schon etwas länger als ein $^{1}/_{2}$ Jahr zusammen das ist zwar keine ewigkeit aber doch zeit genug sich zu beschnüffeln. Auf jeden fall haben wir vor uns richtig nach altmodischer Art zu Verloben M + V wissen noch nicht sie wissen so einiges übriegens so einiges noch nicht ist auch ganz gut so. Mit Angelas Eltern verstehe ich mich einwand frei auch wenn es eine dickliche Familie ist sind es nette und liebe Menschen die nicht immerzu streit suchen.
Seit heute morgen schneit es unaufhörlich eine ruhige Wetterstimmung herscht obwohl Ostern ist sieht es aus wie heilig Abend.
Habe mir eine unmögliche Schrift angewöhnt was aber es tut so weh sauber zu schreiben Du hast ja auch keine besonderst schöne Schrift also entschuldige.

Von Streit mit seinen Eltern schrieb der Cousin fast ständig.
Über ihre Eltern hatten sie damals geredet und sich kräftig über sie ausgelassen. Man müsse so früh wie möglich von zu Hause verschwinden, darin waren sie sich einig. Dem Cousin hatten es dessen drei ältere Brüder schon vorgemacht. Der Vater war Lehrer, aber von der Erziehung der eigenen Kinder verstand er nicht viel, sonst hätten nicht alle seine Söhne ihm nach dem achtzehnten Geburtstag den Rücken gekehrt.
Kian hatte einmal miterlebt, wie der Cousin noch als

Fünfzehnjähriger von seinem Vater eine gescheuert bekam. Und als Kind sei er tagelang in den Keller gesperrt worden, hatte er erzählt.
Das waren Zustände, die er nicht kannte. Seiner Mutter war mal die Hand ausgerutscht, aber dann war sein Vater eingeschritten.

Kathrin verstand solche Konflikte überhaupt nicht. Sie war eben ein Mädchen. Mädchen waren leichter zu erziehen. Obwohl, er kannte aus seiner Klasse ein Mädchen, mit der hatten ihre Eltern es nicht leicht. Von ihrem Freund hatte sie sich schon mit fünfzehn ihr Zimmer renovieren lassen, ohne dass die Eltern etwas davon wussten. Die Eltern hatten mit ihr am Sonntag zu Mittag gegessen, ziemlich feierlich sogar, mit klassischer Musik, weil das in dieser Familie so üblich war, und der Freund hatte in der Etage darüber gearbeitet. Ihr Vater hatte schließlich Geräusche gehört, hatte nachgesehen und den Freund entdeckt.

Und ihr Bruder hatte in der Küche essen müssen, schon seit Jahren, weil sie sich weigerte, mit ihm an einem Tisch zu sitzen. Der Bruder war zwar älter als sie, aber er ließ sich das trotzdem gefallen. Als Kind hatte er seiner Schwester eine Rasierklinge gegeben und ihr geraten, sich zu rasieren, und sie hatte das probiert und sich an der Wange geschnitten. Damit begründete sie ihre Abneigung gegen ihren Bruder.

Später hatte sie versucht, sich die Brüste abzuschneiden. Sie wollte ein Junge bleiben und zeigte ihm die Narbe im Vertrauen, eine Narbe, die sich unter ihrer linken Brust langzog.

Irgendwie bewunderte er sie, wie sie sich zu Hause durchsetzte. Und sie war das schönste Mädchen in der Klasse.

Kathrin wäre nie auf die Idee gekommen, sich die Brüste abzuschneiden. Er beobachtete, wie ihre Brüste sich durch die Atmung bewegten. Er hätte gern gewusst, was es für ein Gefühl war, so schwere Brüste zu tragen. Seine Mutter hatte hängende Brüste, die fast bis zum Bauch reichten. Sie wusch sich manchmal abends vor ihm, wenn er gerade in der Küche war und das Bad nicht geheizt war.
Sie zog sich den Schlüpfer bis zu den Knien herunter, legte ein Handtuch darüber und wusch sich ihre Scham, ohne sich vor ihm zu genieren. Verklemmt sollte er offenbar nicht aufwachsen.
Ihre Brüste waren schon schlabbrig, wohl weil er sie als Kind ausgesaugt hatte. Deshalb hätte er ihre Brüste eigentlich schön finden müssen, schließlich waren sie von ihm so hergerichtet worden. Bei der Armee sollte ihm jemand erzählen, dass er mit seiner Mutter geschlafen habe und dass sich Schöneres gar nicht denken ließe, als von der Mutter angelernt zu werden, doch das wäre ihm eklig gewesen. Seine Mutter war nicht einmal im Gesicht schön, mit ihrer höckrigen Nase, von den Hautflecken ganz abgesehen. Und ihre Beine waren ziemlich unförmig, unterhalb der Knie schlank wie bei einem jungen Mädchen, aber die Oberschenkel so dick, als wären jeweils zwei Beine miteinander verwachsen.
Sicher war es gemein, wenn er so dachte, aber das waren nun einmal seine Beobachtungen. Es kam ihm oft vor, als wären Körper aus lauter Einzelteilen zusammengesetzt und meist stimmte die Zusammensetzung eben nicht.
Bei Kathrin stimmte die Zusammensetzung, aber er wusste trotzdem nicht, was sie von ihm erwartete. Vielleicht erwartete sie, dass er seine Hände in ihren Nacken legte und sie massierte, so dass sie träumen konnte. Träu-

men wollten doch Frauen vor allem. Als Mann sollte man am besten nur als Schatten vorhanden sein gegenüber einer Frau, so unaufdringlich und wenig störend.
Zu mehr als zu Umarmungen kam es aber nicht. Er blickte auf die Vitrine währenddessen und zählte die Gläser oder die Schrankschlösser.
Oft kam es nicht einmal zu Umarmungen. Das waren verschenkte Nachmittage für ihn. Weshalb besuchte er sie denn, wenn nicht aus diesem Grund? Sie redete und redete und merkte gar nicht, wenn sie eine Geschichte zweimal erzählte.
Wahrscheinlich wollte sie ihn ablenken. Sie liebte ihn nicht, das war das Geheimnis solchen Geredes. Aber ihm das zu sagen, war sie zu feige.

Gut, er sagte ihr auch nicht alles. Ganz am Anfang ihrer Bekanntschaft hatte er mit einer anderen geschlafen, weil die Gelegenheit so günstig war, und das hatte er nicht erzählt. Schließlich kam es auch ihr zugute, wenn er Erfahrungen sammelte.
Und von der anderen hätte jeder Mann geträumt. Sie war erst fünfzehn, sah jedoch älter aus. Verlebt wirkte sie auch schon. Sie war in einer Kneipe aufgewachsen, praktisch unter dem Tresen. Ihre Mutter war Kellnerin. In der Kneipe hatte sie sogar ihre Hausaufgaben gemacht. Und die Männer hatten sich um sie geschart, weil sie mit dreizehn oder vierzehn schon wie eine Frau wirkte.
Mit Tittenficken, das hatte sie ihm erzählt, hatte sie angefangen. Gegen ein bisschen Taschengeld durften die Männer ihre Brüste massieren.
Ihr bedeutete es gar nichts, ihre Brüste zu zeigen. Das bot sie fast jedem an, auch heute noch, im Internat. Alle regten

sich darüber auf, aber die Möglichkeit hatte schon fast jeder genutzt.
Einer hatte gesagt:
- Die kann sich abends vor den Spiegel stellen und ihre Schläuche über die Schultern werfen, und dann war er doch mit ihr in den Keller gegangen. So falsch waren Männer in dieser Hinsicht.
Das traf auch auf ihn zu. Er hatte ihr geraten, sich von ihrem Freund zu trennen, weil der sie hinter ihrem Rücken fast vermietete. Dabei wollte sie das vielleicht. Doch sie war noch so jung und sie sollte sich nicht verschenken.
Sie sagte, das hätte sie sich auch schon überlegt.
Als er zum Fasching die Büttenrede hielt und die Leute tobten vor Vergnügen, kam sie anschließend zu ihm.
Sie brauchte gar nichts zu sagen. Er sah ihr auch so alles an. Frauen liebten offenbar den Erfolg.
Auf ihrem Zimmer zog er sie aus.
- So schnell?, fragte sie.
Er war so aufgeregt, dass er nicht antwortete. Und sie wehrte sich nicht.
Ein nasser Fleck blieb auf dem Bettlaken zurück. Wie peinlich, alles war danebengegangen. Zum Glück klopfte es an der Tür. Die Internatsleiterin suchte sie. Sie mussten sich gleich wieder anziehen.
Das sollte nun das große Erlebnis sein, um das sich die halbe Weltgeschichte drehte.

Kathrin brauchte von diesem Abenteuer nichts zu wissen. Er hatte die andere nicht geliebt, ja kaum gesprochen mit ihr. Für eine Liebe war sie ihm zu verdorben. Sogar die Internatsleiterin hatte ihn gewarnt vor ihr.
Aber mit Kathrin immer bloß Händchen zu halten, das

genügte auch nicht. Sie war gewissermaßen das Gegenteil der anderen und er wollte endlich eine Entscheidung. Bis zu seiner Armeezeit musste er wissen, woran er war. Letztlich war es quälend, den braven Besucher zu spielen. Sie schien seine Gedanken zu erraten. Sie wollte nämlich, dass er bei ihr schlief, als seine Eltern Besuch hatten und sein Zimmer deshalb gebraucht wurde.
Also stand wohl eine Entscheidung bevor.
Erst wollten sie tanzen gehen an diesem Abend, auf ein Betriebsfest ihrer Gewerkschaft. Er hatte sich schon geärgert darüber, weil er nicht tanzen konnte und weil er mit ihr allein sein wollte. Glücklicherweise hatte sie dann auch keine Lust zum Tanzen.
Er brachte Blumen mit und eine Flasche Wein. Gekleidet war er im Anzug, weil er seinen Eltern gesagt hatte, dass er tanzen gehen würde, sonst hätten sie womöglich was dagegen gehabt, dass er bei seiner Freundin schlief.
Kathrin hatte ein Abendbrot bereitet, das sich sehen lassen konnte. Ein Salat stand schon auf dem Tisch, mit Champignons gemischt, das war der reine Luxus. Ihre Mutter arbeitete in einem Restaurant, deshalb konnte sie solche Kostbarkeiten besorgen.
Dann servierte sie überbackene Brote, mit Schinken und Käse, und er ließ es sich schmecken. Von Essen verstand sie wirklich was. Salzstangen und Brezeln lagen für später auf dem Tisch.
Er half ihr, den Tisch abzuräumen, das Geschirr in die Küche zu bringen, und sie wusch es schnell ab.
Am Nachmittag hatte er ausgerechnet, das wievielte Mal sie sich sahen. Vom ersten Tag an hatte er jedes Treffen in seinen Kalender geschrieben. Er setzte die Tage, an denen

sie sich sahen, ins Verhältnis zu den Tagen, an denen sie sich nicht sahen, zwei zu sieben, drei zu vierzehn, fünf zu einundzwanzig, und so hatte er immer eine Übersicht. Die gemeinsamen Stunden zählte er zusammen und wie oft es zu Zärtlichkeiten gekommen war.
Es war heute ihre siebenunddreißigste Begegnung, einhundertsiebenundachtzig Stunden hatten sie sich gesehen und an jedem eins Komma achten Tag Zärtlichkeiten ausgetauscht, die über den flüchtigen Kuss auf die Wange hinausgingen.
Er fand, dass es eine ganz ordentliche Bilanz war. Andererseits erklärten die Zahlen nicht alles.

Hinterher wusste er nicht mehr, wie es dazu gekommen war, aber umarmt hatten sie sich bald. Er roch ihren duftenden Körper, staunte über ihre weiße Haut und seine Hand streifte ihren Rücken hinab, über ihren BH-Verschluss hinweg. Sie ließ ihn gewähren.
Er schob seine Hand unter ihren Pullover. Ihr Pullover hatte ohnehin breite Maschen und er hatte schon einiges gesehen.
Sie streichelte ihm den Rücken. Er musste nicht mehr betteln um diese Geste, wie sonst immer.
Wenn sie ihn jetzt um etwas gebeten hätte, hätte er ihr jedes Versprechen erfüllt.
Er knöpfte ihren BH auf. Er hätte es sofort gelassen, wenn sie es ihm verwehrt hätte. Für sie war Nacktheit bestimmt schon ein Eheversprechen. Sie merkte aber anscheinend nicht, was er tat. Oder es gefiel ihr.
Er rieb ihre Brüste und er entdeckte, dass sie nicht auf der ganzen Fläche angewachsen waren, sondern eigentlich nur an einer schmalen Stelle, und dass sie ansonsten lose

auf dem Körper lagen. Er hatte immer gedacht, große Brüste wären auch im Ganzen angewachsen.
Ihre roten Haar gefielen ihm zum ersten Mal, auch die unter ihren Achseln. Lange Zeit blieben sie auf dem Sofa, länger als zwei Stunden, wie er nach einem Blick auf die Uhr bemerkte.
Seine Hand rutschte sogar in ihre Hose.
Auf ihrer Schulter bemerkte er Sommersprossen und das wunderte ihn, weil sie im Gesicht keine hatte.
Sie stöhnte leise, aber das war auch alles.
Sollte er sie nun ganz ausziehen oder sollte er nicht? Sie sagte nicht, was sie wollte. Sie hätte es ruhig sagen können. Sie musste doch wissen, dass er darauf wartete. Es war wieder eine Bestätigung dafür, dass sie sich nicht verstanden. Immer sollte er entscheiden, um dann das Falsche zu tun.
Er legte sich auf den Rücken und wartete. Sie musste schließlich sagen, ob sie zusammen in einem Bett schlafen würden. Und das Weitere würde sich daraus ergeben.
Er war tatsächlich müde. Er blickte starr an die Decke. Sie sollte ihn ohne Worte verstehen.
Er schloss eine Wette mit sich ab: Wenn sie ihn jetzt nicht verstand, würde er sie morgen verlassen. Besser morgen als nie. Wenn sie meinte, dass sie ihn an der Nase herumführen könne, hatte sie sich geirrt.
Er spürte ihre Hand an seiner Schulter. Offenbar streichelte sie ihn. Er streckte sich und gähnte, es musste schon mehr von ihr kommen.
Sie stand auf und brachte die Gläser in die Küche. Er trug die Weinflasche und die Salzstangen hinter ihr her.
Den intimen Moment hatte sie gleich wieder zerstört.
In Filmen verliefen solche Szenen gänzlich anders. Da sammelte sich im Schweigen eine Spannung an, die dann endete

in stürmischen Umarmungen. Eine geheime Regie zauberte Schönheiten hervor und wie klein der Raum auch immer war, in dem sich die Liebenden aufhielten, in der Umarmung wurde er weit und verlor jede Begrenzung. *Seid umschlungen, Millionen,* war der Zauberspruch jedweder Zärtlichkeit in Filmen. Die Frauen schenkten zärtliche Blicke und die Männer lockten die Blicke hervor und hielten ihnen stand.
Was er hingegen erlebte, war Geschirr und Abwasch und eine zerknitterte Sofadecke und eine Frau, die den rechten Augenblick stets verpasste.

Sie ging ins Bad und er wartete in der Stube auf dem Sofa. Am liebsten hätte er aus Protest auf dem Boden geschlafen. Als sie aus dem Bad kam, blickte er wieder an die Decke. Sie war noch immer angezogen.
Das war ein weiteres Zeichen, das gegen ihn sprach. Er konnte die Zeichen schon zählen.
Er ging selbst ins Bad, wusch sich, roch den Schweiß unter seinen Achseln und betrachtete die grauen Poren in seinem Gesicht.
In der Stube sah er, dass sie sein Bett dort bereitet hatte.
Das war es dann also. Er hielt Nachmittage lang bei ihr aus und mit welchem Ergebnis? Frauen waren der unentschiedene Teil der Menschheit, das bestätigte sich wieder.
Das Licht brannte und er ließ es brennen. Was er aus diesem Abend gelernt hatte, würde er so schnell nicht vergessen.
Am nächsten Morgen erstellte er in seinem Kalender eine letzte Rechnung.

Der große Tag rückte näher. Kian war schon ganz aufgeregt. Er ging zum Friseur und ließ sich die Haare schneiden.
Seine Mutter meinte:
- Das wird aber Zeit.
Und die Friseuse sagte:
- Mein Sohn hat bei der Armee fünfzehn Kilo abgenommen.
Sie wollte ihm offenbar Mut machen.
Überhaupt hörte er in diesen Tagen viele Ratschläge.
Verhalte dich lieber still und tue, was man dir sagt (seine Mutter). Als Soldat fallen wirst du wohl nicht, nur vor Unfällen musst du dich vorsehen (sein Vater). Denk immer daran, dass auch diese Zeit vorbeigeht (sein Lehrmeister). Vergiss nicht, wofür du Soldat wirst (der Parteisekretär).
Übereinstimmend meinten alle, dass er bei der Armee zum Mann reifen würde.
Sein Onkel riet ihm, auf keinen Fall zu schießen, was auch immer geschehen möge. Er hatte ihn in der Klinik besucht, zusammen mit seiner Mutter, was seit einigen Wochen gestattet wurde.

Endlich kam er heraus aus seinen kleinen Verhältnissen, Der Abschied von seinen Eltern fiel ihm nicht schwer. Und überstehen würde er die drei Jahre schon, andere hatten sie schließlich auch überstanden. Und nach den drei

Jahren würde er sich von niemandem mehr etwas vorschreiben lassen, das hatte er sich fest vorgenommen.
Er wusste nun auch, wo die Kaserne lag, zu der er eingezogen wurde: Auf einer Insel im Norden.
Sicher wäre Gelegenheit zum Baden. Und im Notfall könnte er sich in die See stürzen und eben ertrinken, wenn es allzu furchtbar werden würde.
Vor einem Ort hatten ihn seine Kollegen gewarnt, wenn er dorthin käme, könne er sich gleich aufhängen. An diesem Ort wäre nichts als Sand, Sandmeer und nichts mehr, und der Armeeknast befände sich dort und eine einzige Kneipe für zehntausend Soldaten. Aber ans Saufen dachte er sowieso nicht.
- Das Saufen wirst du auch noch lernen, prophezeiten ihm die Kollegen, doch er lächelte nur darüber.
Er hatte seinen Vater als schlechtes Vorbild und das genügte. Er wollte nüchtern bleiben, was immer man mit ihm anstellen sollte.

Am ersten Dienstag im Mai sollte er sich vier Uhr morgens auf dem Bahnhof einfinden.
- So früh, stöhnte er.
- Was heißt früh, belehrte ihn sein Vater, eine Armee hat jederzeit kampfbereit zu sein, also auch um vier Uhr morgens.
Sein Vater hatte gut reden. Der musste nicht so früh aufstehen. Seine Mutter zeigte zum Abschied einige Tränen. Immer meckerte sie und jetzt auf einmal. Sie wollte ihn sogar zum Bahnhof bringen, aber das verbat er sich.
Sein Vater schlief, als er losging. Es war wohl weltgeschichtlich nicht bedeutend genug, dass sein Sohn Soldat wurde.

Auf dem Bahnhof wäre er am liebsten umgekehrt. Abhauen könnte er später aber vielleicht immer noch. Er überlegte nämlich, ob er bei der Armee die Chance haben würde, über die Grenze zu gehen. Vielleicht würde er nach seiner Ausbildung an der Grenze stationiert werden. Um sich diese Chance zu erhalten, musste er aber erst einmal zur Armee gehen.
Auf dem Bahnhof wurde seine Tasche nach Alkohol durchsucht. Alkohol war streng verboten. Er musste den Inhalt seiner Tasche auf dem Bahnsteig ausbreiten und sogar eine Leibesvisitation wurde von Uniformierten vorgenommen.
Sie schraubten Thermosflaschen auf und rochen an ihnen. Im Ganzen fanden sie drei Flaschen Schnaps und einige Flaschen Bier. Kichern und Johlen begleiteten diese Funde, bis einer der Uniformierten zur Ruhe mahnte. Dann hielt ein Offizier eine kurze Ansprache.
Er redete von der Verteidigung der Errungenschaften, die jeder kannte, und vom Feind, der niemals schlief.
- Ohne Dröhnung steh ich das nicht durch, murmelte neben ihm einer, der noch blasser aussah als die meisten anderen.
Schließlich ertönte der Befehl zum Abmarsch. In Zweierreihen liefen sie den Bahnsteig entlang, von frühen Reisenden mitleidig beobachtet. Kian kam sich vor, als würde er diesen Bahnhof nicht wieder sehen, so guckten die Leute.

Im Zug sicherte er sich einen Platz am Fenster. Wenigstens hinaussehen wollte er während der Fahrt. Zum Reden hatte er keine Lust. Er löste Kreuzworträtsel und beobachtete die anderen beim Trinken. Einigen war es gelungen, selbst durch die Kontrolle Alkohol zu schmuggeln.

Am Nachmittag hatten einige seiner neuen Kameraden schon arg glasige Augen. Verpflegung gab es keine, das war ihnen vorher auch mitgeteilt worden.
Das lange Sitzen ermüdete. Er versuchte zu schlafen, konnte es aber nicht. Wenn er gewusst hätte, was ihn erwartete! Die Ausbildung bei der Armee war geheim und niemand durfte erzählen, wozu er ausgebildet wurde, das hatte man ihm beim Werbungsgespräch gesagt. In Briefen durfte nichts über das militärische Leben stehen.
Was ließ sich dann überhaupt schreiben? Wir sind eine verschworene Truppe und kämpfen gemeinsam gegen den Klassenfeind?
Vielleicht vermuteten die Briefkontrolleure hinter jedem Satz eine geheime Mitteilung. Die Briefe würden sicher kontrolliert werden.
Jedes beliebige Experiment könnte man an ihnen vornehmen, zum Beispiel, wie lange es jemand im Freien aushielt, allein auf Wache, ohne abgelöst zu werden und ohne Essen. Oder Ausdauertraining Häschen-hüpf. Jedes Experiment könnte der Kriegsvorbereitung dienen und wäre somit berechtigt.
So wucherten seine Gedanken.
Seine Reiselektüre lenkte ihn ab. Er las einen Krimi. Seine Mutter hatte Beziehungen zu einer Buchhändlerin, deshalb wurde er mit Krimis gut versorgt.

Jemand war ermordet worden, während einer Theaterpremiere, und nach und nach stellte sich heraus, dass der Tote bei den Nazis im Lager gesessen hatte und dass ein Verdächtiger im gleichen Lager als Spitzel eingesetzt war, doch die Ermittlungen ergaben, dass die Nazis die Rollen der beiden vertauscht hatten, den, der als Spitzel galt, hat-

ten sie freigelassen, damit dessen Kameraden glaubten, er hätte sie verraten, während der wirkliche Spitzel gefoltert wurde, aus Alibigründen, damit ihm weiter vertraut wurde. Die beiden waren sich nach dem Krieg wieder begegnet und der freigelassene Spitzel, der kein Spitzel war, besaß noch ein Beweisstück, einen Zettel nämlich, auf dem der eigentliche Spitzel seine Kameraden für die Lagerleitung denunziert hatte, und diesen Zettel hatte der freigelassene Spitzel im Lagerbüro während des Reinemachens im Papierkorb gefunden. Hochdramatisch war diese Szene, der eigentliche Spitzel war auf Grund seiner Lagervergangenheit bei den russischen Behörden gut angesehen und er drohte dem anderen, dass er ihn nach Sibirien schicken lassen würde, sollte er ihn verraten.
Auf eine solche Konstellation war bestimmt noch kein Krimiautor vorher gekommen. Und wie heroisch sich der eigentliche Spitzel verhalten hatte, dass er sich foltern ließ, nur um weiter spionieren zu können! Es war doch erstaunlich, wie auch das Böse zu Tapferkeit ansporrnte.
Der unschuldige Spitzel hatte nach seiner Entlassung ebenfalls kein leichtes Leben gehabt. Alte Bekannte mieden ihn und die Frau eines Genossen, der infolge seines angeblichen Verrats umgebracht worden war, spuckte vor ihm aus und schrie ihn an:
- *Willst du Schwein mich auch noch ans Messer liefern?*
In seinem Beruf als Schauspieler fand er gleich nach Kriegsende wieder ein Engagement, doch bei jeder Vorstellung fürchtete er, statt des Lachens über eine Pointe würden schrille Rufe aus dem Zuschauerraum ertönen:
- *Spitzel! Kameradenmörder!*
- *Aber ich bin ja Schauspieler, erzählte er, ich reiße mich zusammen, ich überspiele die Nervenschwäche mit beson-*

derer Intensität und... das Publikum lacht schallend. Nachher höre und lese ich dann, ich sei wieder einmal unwiderstehlich und hinreißend komisch gewesen.
Auch hier wirkte die Furcht vor dem Bösen äußerst positiv, denn ohne die Angst, entlarvt zu werden, hätte er vielleicht nicht solche Leistungen vollbracht.
Möglicherweise krankte daran die Gegenwart, dass das Böse weitestgehend fehlte. Die vielen Sicherheiten brachten auch Nachteile mit sich. Doch wer wollte schon entscheiden, was besser war, in Sicherheit zu leben und auf die eine oder andere Leistung zu verzichten, oder in Unsicherheit und dafür ständig angespornt zu werden. Es war offensichtlich, dass es hier einen Zusammenhang gab.

Währenddessen fuhr der Zug weiter Richtung Norden.
Kian erinnerte sich an eine Geschichte aus seiner Kindheit.
Auf einer Klassenfahrt hatte er im Winter Sommerschuhe getragen, weil seine Winterschuhe kaputt gewesen waren und er keine anderen Schuhe besaß. Er hatte während der ganzen Fahrt entweder im Gang gestanden oder auf der Toilette gesessen und auf dem Weg ins Theater, das seine Klasse besucht hatte, war er immer hinter der Klasse hergegangen, damit niemand seine Schuhe sehen konnte. Auf dem Rückweg hatte die Lehrerin jedoch seine Schuhe bemerkt. Er hatte sich herausgeredet und gesagt, dass er in diesen Schuhen nicht frieren würde, sie seien bequemer als Winterschuhe, in denen er immer schwitzen würde.
Daran dachte er jetzt.
Am Abend näherte sich der Zug der Ostsee. Durch die Fenster drang Seeluft.

Kian kannte die Insel, er war hier im Ferienlager gewesen. Als Urlaubsort war sie beliebt.
Im Ferienlager hatte er, als er nichts mit sich anzufangen wusste, behauptet, dass jemand ertrunken wäre. Ein Junge aus seiner Gruppe wurde gesucht und er hatte gesagt, er hätte ihn im Wasser schwimmen sehen, in Wirklichkeit war der Junge nur Eis holen gegangen, ohne sich abzumelden. Die Erzieher hatten ganz schön Angst gehabt, bis der Junge gefunden wurde, denn sie wären an dessen Tod schuld gewesen. Bei jeder Belehrung sagten sie:
- Wenn euch etwas passiert, kommen wir ins Gefängnis.
Deshalb sollten alle auf sich aufpassen und nicht mit fremden Männern mitgehen zum Beispiel. Die Strafe für die Erzieher stand immer im Vordergrund bei Belehrungen und das hörte sich an, als wäre es aus einem anderen Grund gar nicht schlimm, wenn etwas passieren würde.
Nachdem der Junge wieder zurückgekommen war, war auch klar, dass er gelogen und den Jungen nicht im Wasser gesehen hatte, deshalb durfte er beim Neptunfest nicht getauft werden, wie die übrige Gruppe. Eine Strafe war das eigentlich nicht, weil die Taufe mit einer ekligen Brühe vollzogen wurde, er war nur neidisch auf den Beifall, den die Getauften immer bekamen.

Mit der Ankunft des Zuges begann die Zeit der Pfiffe.
Auf Pfiff mussten sie aussteigen, auf Pfiff antreten, auf Pfiff auf LKW klettern, auf Pfiff absteigen, auf Pfiff antreten, auf Pfiff im Dauerlauf in eine Turnhalle rennen, auf Pfiff Essgeschirr und Trainingsanzug in Empfang nehmen, auf Pfiff sich waschen, auf Pfiff schlafen.
Jeder Uniformierte schien eine Trillerpfeife zu tragen. Kian dröhnte der Kopf schon nach zwei Stunden.

Die Betten waren mit Namen beschriftet, ihm wurde ein Einzelbett zugewiesen, direkt unter dem Fenster.
Er schlief tatsächlich gleich ein.
In der Nacht träumte er, er würde zusammen mit Schulkameraden in eine Tropfsteinhöhle einfahren.
In der Höhle sollte sich ein Restaurant befinden, das sie besuchen wollten. Eine Lore, die so hoch wie ein Einfamilienhaus war, brachte sie hinab. Unten angekommen, geriet ein Mädchen aus seiner Klasse mit ihren Händen zwischen die Lore und die Wand des Ganges. Mit bloßen Armstümpfen stieg sie aus. Von diesem Moment an versuchten sie alle, möglichst als erste das Restaurant zu erreichen. Sie stellten sich paarweise auf, übersprangen Stacheldrahtverhaue, alle in weißen Hemden, die sauber bleiben sollten, das gehörte zu der Aufgabe. Kian saß schließlich mit seinem Partner, den er nicht kannte, auf einer Art Plattform. Vor ihm hatte sich sein Schulfreund das weiße Hemd beschmutzt, er zog es aus, wurde aber trotzdem disqualifiziert. Die Klassenlehrerin zeigte mit dem Finger auf ihn. Kian freute sich darüber. Er sprang von der Plattform hinunter und rutschte einen Berg hinab. Irgendwas hatte er aber falsch gemacht, er hörte die Stimme der Lehrerin in seinem Rücken, die mit ihm schimpfte. Er blickte an seinem Körper herunter und bemerkte, dass sein Oberkörper nackt war, dass er das Hemd unterwegs ausgezogen hatte und damit auch disqualifiziert war. Er musste im Schulgarten Erdbeerpflanzen eingraben. Aber schräg bitte!, sagte die Lehrerin, und er verstand nicht, was sie damit meinte. Leute sahen ihm zu, wie er sich hilflos bemühte, den Spaten in den steinigen, harten, vielleicht auch gefrorenen Boden zu stoßen.

Sechs Uhr ertönte der nächste Pfiff.
Zwei Minuten nach sechs sollten sie in kurzer Sportkleidung vor dem Zimmer stehen. Das klappte beim ersten Mal nicht, deshalb wurde geübt. In zwei Minuten kann jeder aus dem Bett springen, sich anziehen und auf dem Flur antreten, ausgerichtet an einer Linie.
Am nächsten Tag klappte es.
Sechs Uhr drei: Die Treppen hinunterlaufen, auf Pfiff, das Gebrüll eines Unteroffiziers im Nacken. Vor der Kaserne Aufstellung nehmen. Es folgten: Drei Kilometer Ausdauerlauf, die Hälfte davon am Strand.
Nach dem Frühsport war Zeit zum Waschen und zwar fünfzehn Minuten. Ein Waschbecken für dreißig Leute, keine Dusche, das Waschbecken fünf Meter lang, man wusch sich die Füße darin, spuckte die Zahnpasta hinein, auf dem Boden schwamm eine klebrige, graue Soße. Einigen Fenstern fehlten die Scheiben.
Ankleiden, Raustreten auf Pfiff.
Worte wie: Was machen Sie denn hier? Das habe ich schon schneller gesehen! Sie sind hier nicht zu Hause. So können Sie Ihre Oma ablegen.
Immer brüllte jemand, immer machte jemand etwas verkehrt, woraufhin wieder gebrüllt wurde.
Das Frühstück dauerte drei Minuten. Drei Minuten hatten sie Zeit, sich Stullen zu schmieren, labberigen Tee zu trinken, Stullen zu essen. Das gehörte zur Grundausbildung.
Dann ertönte das Kommando: Achtung! Rausrücken!
Wer sein Essen als letzter erhielt, brauchte sich eigentlich gar nicht hinzusetzen, sondern konnte den Teller gleich wieder abliefern. Nach einigen Tagen schaffte es Kian, in den drei Minuten drei Scheiben Brot in sich hineinzustop-

fen. Dafür war das Mittagessen fünf oder manchmal sechs Minuten lang.
In der Grundausbildung gab es wichtigere Dinge als Essen.

Kian kam es vor, als würde ständig auf ihn eingeschlagen. Er tat, was man ihm befahl, und das war eine Menge. Schließen Sie die Trainingsjacke bis zum Kragen. Essbesteck in die rechte Hand. Fußspitzen einen Fußbreit auseinander. Rührt euch. Das rechte Bein eingeknickt. Geredet wird hier nicht. Gepäck auf den Rücken, zwanzig Kniebeugen, auf Pfiff – eins, zwei, drei, jetzt wissen Sie, wo Sie Reden halten können, da, wo Sie alleine sind, Genosse. Und wenn Ihnen das Spaß macht, drehen wir eine Runde um den Block. Stahlhelm auf. Jetzt rutscht Ihnen die Schüssel nicht mehr vom Kopf. Sie sehen, wofür ein Friseur nützlich ist. Ein Soldat hat in jeder Minute seiner Ausbildung zu lernen. Hände zur Faust geballt, leicht zur Faust geballt, und an die Hosennaht. Nehmen Sie die Hände vom Sack. Wichsen können Sie später. Oberkörper nach vorn gebeugt, leicht nach vorn gebeugt. Kinn gerade. Achten Sie auf Ihre Füße. Sie stehen hier in Stiefeln, nicht in Badelatschen. Die Füße bleiben, wie sie sind. Das Koppel wird enger geschnallt. Ohne Bauch geht's auch. Kompanie stillgestanden. Stehen, nicht wackeln. Rührt euch. Kompanie stillgestanden. Wir werden das üben, sage ich Ihnen, und wenn Sie nachts im Stillgestanden schlafen. Gucken Sie geradeaus. Stellen Sie sich einen Punkt in Ihrer Höhe vor. Rührt euch. Kompanie stillgestanden. Das war schon besser. Fäuste bleiben an der Hosennaht. Die Arme leicht angewinkelt. Eine Linie mit dem Körper. Die Schultern nicht anziehen. Rührt euch. Kompanie stillgestanden. Wir wiederholen das so lange, bis Ihnen die Füße bluten. Kompanie stillgestanden. Links um. Links um, habe ich gesagt. Die linke Fußspitze heben und den rechten Hacken. Drehen. Hacken ranziehen. Ich höre gar nichts. Ich will Ihre Hacken hören. Rührt Euch. Kompanie stillgestanden. Links um. Das war nicht laut genug. Ich will einen Knall hören, Genossen. Die linke Fußspitze heben und den rechten Hacken. Rechts um. Und jetzt? Natürlich umgekehrt. Die rechte Fußspitze heben und den linken Hacken. Auf den Hacken drehen. Fußspitze bleibt, wo sie ist. Ranziehen. Knallen. Stillstehen. Blick geradeaus. Rührt euch. Kompanie stillgestanden. Rechts um. Fußspitze Hacken Drehen. Nehmen Sie Grundstellung ein. Der Stahlhelmrand schließt mit den Augenbrauen ab. Wo sind Ihre Augenbrauen, vielleicht unter der Nase? Kompanie stillgestanden. Die Pause ist Ihnen nicht bekommen? Ganze Kompanie zwanzig Kniebeugen auf mein Kommando Arme vorgestreckt und eins und zwei. Rührt euch. Kompanie stillgestanden. Brust raus, Arsch rein. Achten Sie auf den Punkt in Ihrer Höhe. Sparen Sie Ihre Kräfte für den Ausdauerlauf nach dem Mittagessen. Oder glauben Sie, dreitausend Meter zum Frühsport reichen? Den Stahlhelm brauchen Sie nicht bügeln. Der ist knitterfrei. Gelacht wird auf mein Kommando. Kompanie wegtreten. Kommando zurück. Bei Wegtreten ein Schritt vorwärts marsch mit dem linken Fuß. Kompanie wegtreten. Kommando zurück. Grundstellung einnehmen. Wegtreten auf die Zimmer, Stahlhelm ablegen. Kompanie wegtreten. Ich höre nichts. Wissen Sie, was ein Schritt ist? Bein vorgestreckt. Das linke Bein. Käppi auf. Emblem in der Mitte. Beim Grüßen die ausgestreckte Hand an die Schläfe. Arm im rechten Winkel zum

Körper. Die Augen auf den Vorgesetzten gerichtet. Kompanie, Achtung. Genosse Leutnant, ich melde. Rührt euch.

Der Leutnant stellte sich vor.
- Ich bin Ihr Zugführer. Sie werden sich bei uns noch nicht heimisch fühlen. Aber das kommt bald. Der Anfang ist immer das Schwerste. Wenn Sie sich an einiges erst einmal gewöhnt haben, wird Ihnen vieles leichter fallen. Natürlich bestimmen Sie selbst, wieviel Stress Sie haben werden. Wenn Sie keinen Ärger machen, mache ich Ihnen auch keinen Ärger. Ansonsten kocht Ihnen das Wasser im Arsch. Und wer aus der Reihe tanzt, dem werden die Eier geschliffen, bis das Gelbe hervortritt.
Kian wollte sich melden und sagen, dass man so etwas nicht sagt. Der Leutnant hatte höflich begonnen, hatte nicht gebrüllt wie die Unteroffiziere, doch seine letzten Bemerkungen waren die eines Ferkels. Bestimmt hatte er sich nur versprochen.
Doch er redete weiter in diesem Ton.
- Brauchen Sie einen Sackschutz? Sackstand haben Sie noch früh genug. Ich überlasse Sie jetzt den Unteroffizieren.

Der Leutnant hatte recht: Man gewöhnte sich an das Kasernenleben.
Kian lernte ein zweites Mal laufen. Bisher hatte er nie auf seine Schritte geachtet. Das änderte sich.
Jedes zweite Kommando hieß: Im Laufschritt!
Im Laufschritt zum Frühsport, im Laufschritt zum Essen, im Laufschritt ins Bett.
Punkt zehn schlief er ein, Punkt sechs wachte er wieder auf.
Nachts sah er das Meer in Kästchen geordnet, mit dem Muster seiner Bettdecke.
Er lernte die Namen seiner Stubengenossen. Einer kam vom Dorf und so verhielt er sich auch. Ein anderer verzog seine Lippen immer wie zum Kuss gespitzt, wenn er die Eskaladierwand hochkletterte und wenn er angebrüllt wurde. Einer wurde zum Stubenältesten ernannt und fortan strich er vor jeder Stubenkontrolle alle Betten noch einmal glatt und nötigenfalls putzte er fremde Stiefel ein zweites Mal, damit sie wirklich glänzten. Der letzte versteckte sich nach zwei Wochen auf dem Klo, schlug, als man ihn herausholen wollte, eine Scheibe ein, verletzte sich dabei an der Schlagader, kam ins Lazarett und wurde aus der Armee vorläufig entlassen, nachdem man ihm eine dreimonatige Arreststrafe angehängt hatte wegen Selbstverstümmelung.
Kian brach nach einer Woche beim Marschieren zusammen, mit Magenschmerzen und Verdacht auf Blinddarm-

entzündung. Der untersuchende Arzt konnte allerdings keinerlei Beschwerden entdecken und so galt er, nachdem er drei Tage zur Beobachtung im Lazarett verbracht hatte, als Simulant.

Dafür lernte er, als er in die Kaserne zurückkehrte und im Trainingsanzug an zwei Feldwebeln vorbeiging, militärisch korrekt zu grüßen.

Durch seine Krankheit hatte er die Lektion verpasst, wie ohne Uniformmütze zu grüßen war.

Er nickte den beiden Feldwebeln zu, als sie auf ihn zukamen. Sie riefen ihn zurück und blafften ihn an, weshalb er nicht grüße. Er riss die Hand an die Schläfe, als würde er eine Mütze tragen. Das war verkehrt.

- Tragen Sie Uniform oder was? Und in welchem Abstand zum Vorgesetzten haben Sie zu grüßen?

Er rannte zurück, stellte sich vor ihnen auf und riss noch einmal die Hand nach oben.

Nachdem sie wieder an ihm vorbeigegangen waren, riefen sie ihn wieder zurück, er musste sich wieder vor ihnen aufstellen und jetzt zeigten sie ihm, dass er die Fäuste an die Hosennaht legen und auf ihrer Höhe den Kopf ruckartig zur Seite reißen musste.

Er sollte den Vorfall in der Kompanie melden.

In der Kompanie übte sein Unteroffizier mit ihm das Grüßen im Trainingsanzug gleich noch einmal.

Und um die drei Tage Pause wieder wettzumachen, durfte er während der Nachtruhe noch eine Stunde die Toiletten scheuern.

Die Insel lernte er marschierend kennen. Stundenlang marschierten sie. Das Sturmgepäck war so schwer, dass es bei jedem Angriff hinderlich war. Vor ihm lief in der Marsch-

formation einer, dessen Hals von Pickeln übersät war. Die Kassiopeia las Kian in die Pickel hinein und den Großen Wagen. Das waren die einzigen Sternbilder, die er kannte.
Alle Übungen galten dem Feind.
Der Feind griff mal aus der Luft an, mal grub er sich ein, mal war er zahlenmäßig überlegen, mal zahlenmäßig unterlegen, mal schickte er bloß einen Spion aus und zu guter Letzt setzte er Atombomben ein.
Panzer und Lastwagen wurden radioaktiv verseucht und sie mussten die Fahrzeuge mit Wasser reinigen, entaktivieren.
Um die Übung möglichst echt zu gestalten, wurden die Fahrzeuge tatsächlich verseucht.
- Die Dosis ist jedoch ungefährlich, erklärte der Leutnant.
Das beruhigte. Außerdem trug jeder ein Strahlenmessgerät, das von Fachleuten regelmäßig überprüft werden sollte.
Abschließend entaktivierten sie sich selber, nackt und im Freien neben der Straße, wo Touristen vorbeigingen, die freuten sich sicher.
Nur der Atomschlag konnte nicht simuliert werden.
Wenn die Atombombe fallen würde, sollten sie sich auf den Boden werfen, mit dem Kopf in Richtung Atomschlag, damit die Druckwelle über sie hinwegziehen könne. Wer mit den Füßen Richtung Atomschlag läge, dem würde die Druckwelle den Stahlhelm und damit den Kopf abreißen.
Einige Wochen darauf wurde diese Anweisung geändert. Jetzt hieß es, sie sollten sich mit den Füßen zuerst Richtung Atomschlag werfen, da der Körper in dieser Lage eher stromlinienförmig war.
Aber Gewißheit hatte man ohnehin nicht, ob man einen

Atomschlag überleben würde, da der Körper auch verbrennen könnte.

Im Polituntericht erläuterte der Politoffizier die Bedeutung der Atomwaffen. Bekanntlich hatte der Westen sie zuerst entwickelt, weshalb der Osten sie ebenfalls hatte entwickeln müssen.
- Wir würden das Geld liebend gerne für nützlichere Dinge verwenden. Aber im nächsten Krieg kann durchaus der Zustand eintreten, dass die Atomwaffen eingesetzt werden, und zwar von beiden Stellen. In diesem Fall wird die moralische Überlegenheit unserer Bedienungsmannschaften entscheidend sein. Nur wenn die Ingenieure und Techniker, die den Einsatz der Atomwaffen zu gewährleisten haben, dem Gegner moralisch überlegen sind, werden wir den Krieg gewinnen. Jedwedes Zögern würde fatale Folgen haben. Das zeigt noch einmal die Bedeutung der politischen Schulung. Unser Vorteil ist, dass auf der gegnerischen Seite gerade der einfache Soldat nicht bereit ist, sein Leben für die Interessen des Kapitals hinzugeben. Das Kapital hält sich nur durch Unterdrückung am Leben und von den Unterdrückten will es verteidigt werden. Jeder sieht, wie lächerlich dieser Wunsch ist.
Das waren geheime Darlegungen, die nicht mitgeschrieben werden durften. Einiges war ja bekannt, aber das mit der moralischen Überlegenheit war eine neue Sicht auf die Dinge, die Militärstrategen und Psychologen gewonnen hatten.
- Sie glauben doch nicht, dass wir ohne Psychologen arbeiten? Natürlich werden wir nicht alle Erkenntnisse der Psychologen preisgeben. Ein Übermaß an Erkenntnissen kann auch zu Lähmungen führen, auch zu moralischen

Lähmungen, die der Motivation entgegenstehen, sie behindern. Deshalb werden bestimmte Erkenntnisse von uns nur dosiert weitergegeben. Schließlich interessiert sich auch der Gegner für unsere Erkenntnisse. Der Gegner will sehr genau wissen, wie wir unsere Soldaten schulen. Wir entscheiden aber allein, wie wir unsere Erkenntnisse einsetzen.
Der Gegner stellt sich bei weitem harmloser dar, als er in Wirklichkeit ist. Wer nur dessen Rundfunk- und Fernsehprogramme hört und sieht, hat vielleicht den Eindruck, dass von diesem Gegner keine ernsthafte Gefahr droht. Und das ist genau die Absicht, die dahintersteckt. Marx hat erkannt, dass sich im Kapitalismus die Verhältnisse stets spiegelverkehrt präsentieren. Deshalb ist das Gegenteil dessen, was sichtbar ist, stets der eigentliche Zustand der Gesellschaft.
Im Kapitalismus ist jeder sich selbst fremd, weil jeder in der Entfremdung lebt und damit für fremde Interessen benutzbar ist.
Der Gegner versucht, uns von innen aufzuweichen, uns einzuschläfern. Wachsamkeit ist daher das oberste Gebot der Friedenssicherung. Wachsamkeit reinigt die Atmosphäre. Misstrauen vergiftet sie. Revolutionäre Wachsamkeit macht Misstrauen unnötig. In einer Atmosphäre der Wachsamkeit am großen Ganzen mitzuarbeiten, ist die schönste Aufgabe für einen Revolutionär.
Und so wurde an drei Tagen in der Woche belehrt. Der Unterschied zwischen Misstrauen und Wachsamkeit war Kian ebenfalls neu.

Die Wachsamkeit wurde durch ständige Gefechtsbereitschaft gewährleistet. Praktisch von einer Minute zur anderen mussten sie aus dem Bett springen können, sich die Uniform anziehen, das Marschgepäck anlegen, die Waffe empfangen. Wenige Minuten nach dem Wecken hatte die Kompanie abmarschbereit zu stehen.

Neuerdings hieß es, dass der Feind nicht mehr im Westen, sondern eher in der entgegengesetzten Richtung zu suchen wäre.

Denn was sich im Nachbarland tat, konnte nicht länger hingenommen werden. Dort streikte eine Gewerkschaft, die offiziell gar nicht existierte. Dramatisch hatten sich die Ereignisse in den letzten Wochen verschärft. Chaos war die Folge. Sie waren gerade zur rechten Zeit eingezogen worden, um im Notfall an einem Einmarsch ins Nachbarland teilzunehmen. Im Notfall müsste dem Nachbarland nämlich geholfen werden, Ruhe und Ordnung wiederherzustellen.

Jeden Tag berichteten die Zeitungen über das zunehmende Chaos. Und da man schon einmal in ein Nachbarland einmarschiert war, lag es nahe, dies ein zweites Mal zu tun.

Die dortige Armee würde wohl kaum gegen sie kämpfen, jedoch könnten die Bauern sich mit Dreschflegeln bewaffnen und die Arbeiter Barrikaden errichten.

So stürmten sie nachts zum Gefechtsalarm aus der Kaserne und als scharfe Munition ausgegeben wurde, war eigentlich klar, dass man in wenigen Stunden dem Feind gegenüberstehen würde.

Jeder wollte sicherer wissen, dass die Lastwagen zum Abtransport ins Nachbarland schon bereit stünden, obwohl keiner der Offiziere eine diesbezügliche Andeutung gemacht hatte.

Dabei war es ziemlich unwahrscheinlich, dass ausgerech-

net sie in den Krieg ziehen würden, da ihre Ausbildung noch gar nicht beendet war.
Eine Stunde warteten sie im Wald, dann ging es zurück in die Kaserne und nichts war es mit Krieg und mit Heldentaten. Vielleicht war der Einmarsch aber nur verschoben worden.
In den Rauchpausen wurde darüber geredet:
- Würdest du schießen? Auf unbewaffnete Bauern?
- Befehl ist Befehl.
- Wenn wir nicht schießen, schießen andere.
Wer nicht schießen würde, würde selbst gleich standrechtlich erschossen werden, zur Abschreckung und zur Stärkung des Mut's der anderen. So war das im Krieg.
Nach diesem Gefechtsalarm erklärte der Politoffizier, man werde die Ereignisse im Nachbarland weiter sehr genau beobachten und gegebenenfalls die erforderlichen Maßnahmen ergreifen.
Enttäuschung entstand nach dieser halben Beschwichtigung schon, schließlich hätte die Aktion das öde Kasernenleben verkürzt.
Kian merkte an sich selbst, wie er sich insgeheim gefreut hatte. Gleichzeitig hatte er für zu Hause etwas zu erzählen, sein Vater ahnte bestimmt nicht, wie nahe er vor einer Kriegsteilnahme gestanden hatte.

Von zu Hause kamen die ersten Fresspakete. Von dem Kasernenessen wurde niemand satt. Außerdem war die Marmelade verschimmelt und die Wurst oft angegammelt und die Zeit reichte sowieso nicht, um satt zu werden. Und Ratten waren auch in der Küche.
Die Ratten liefen selbst am Tage vor der Kaserne durch den geharkten Sand.

Anfangs hatte sich jeder darüber aufgeregt: Ratten, das bedeutete doch. Aber man gewöhnte sich an die possierlichen Tierchen.
Sie wurden aus dem Fenster heraus mit Flaschen beworfen und das war eine schöne Unterhaltung am Sonntagnachmittag. Verscheuchen ließen sie sich damit nicht.
Eklig schmeckte der Tee, wie eine Mischung aus Hustensaft und faulen Eiern. Hängolien-Tee hieß der und angeblich sollte man impotent von ihm werden. Das war ein Tee, den es nur bei der Armee gab und der war extra erfunden worden, damit man die Frauen leichter vergessen konnte.
Aber die Frauen vergaß man sowieso, dafür war der Tee gar nicht nötig. Die einzige Frau in der Kaserne war eine Zeitungsverkäuferin und die war über sechzig.
Nicht einmal für Gespräche über Frauen blieb Zeit, so ausgefüllt waren die Tage.
Inzwischen verstand Kian, dass er zum Unteroffizier ausgebildet wurde. Anfangs hatte er gedacht, er würde gleich als Unteroffizier eingesetzt werden, obwohl er gar nicht wusste, was dann seine Aufgabe gewesen wäre. Irgendwie durch die Landschaft robben und schießen, das konnte doch jeder, so dachte er, das war ein Indianerspiel, nichts weiter.
Und nun stellte sich heraus, dass man ihn ein halbes Jahr lang umherscheuchen und dann erst zum Unteroffizier ernennen würde. Und nach diesem halben Jahr würde er selbst Soldaten umherzuscheuchen haben, allerdings an irgendeinem anderen Standort, nicht hier auf der Insel.
Und das mit den Dienstgraden hatte er nun auch verstanden. Soldat, Unteroffizier, so begann die Reihe, und sie endete oben mit den Generälen. Und das Gemeinsame

war die Anrede *Genosse,* die zeigte die Verbundenheit aller miteinander, damit sich niemand ausgegrenzt fühlte. Ein bisschen peinlich war es zuerst, sich immer mit Genosse anreden zu lassen und Genosse sagen zu müssen, aber das Wort wurde schnell normal, wie *Guten Tag* und *Auf Wiedersehen.*
Man war deshalb nicht gleich ein Kommunist, obwohl jeder bei der Armee Kommunist zu sein hatte und kommunistisch erzogen wurde.

Der kommunistischen Erziehung dienten auch die Abendnachrichten. Jeden Abend mussten sie in den Fernsehraum einrücken und die Nachrichten sehen.
Für Kian war das schlimmer als der Polituntericht. Im Polituntericht konnte er Männchen malen oder Stunden zählen, aber bei den Nachrichten kontrollierte ein Unteroffizier, dass niemand während der Sendung etwa einschlief oder auch nur provozierend stöhnte, wenn die Floskeln überhand nahmen. Eine Aneinanderreihung von Floskeln waren die Nachrichten nämlich. Schon die Stimme der Sprecherin klang irgendwie nach Plaste. Vielleicht lag das an den vielen Titeln der Funktionäre, die sie aufsagen musste.
Der Sekretär Vorsitzende stellvertretende empfing den Sekretär Vorsitzenden stellvertretenden. In einem gemeinsamen Kommuniqué vereinbarten. Einvernehmlich beide Seiten unterstrichen. Beide Brüderlichkeit. Unzerbrüchliche unverbrüchliche Freundschaft. Die weiteren Beziehungen beider Intensivierung. Die Intensivierung weiterer beider Steigerung. Die Effektivität weiterer beiderer Intensivierung. Zu Höchstleistungen. Gemeinsam betonten. Von niemandem unbeirrbar.

Kein vernünftiger Mensch hielt das aus. Hätte er vierundzwanzig Stunden diese Ver-ver-Stellvrtr-Stellvrtr-Nachrichten sehen müssen, hätte man ihm liebend gern befehlen können, er solle die Sprecherin umlegen, durchziehen die Mumpelspritze, die Mpi.
Zur Erntezeit stotterten Mähdrescherfahrer, dass sie mit hoher Einsatzbereitschaft alles zu tun bereit wären für den Frieden in der Erfüllung der Hauptaufgabe. Und Gießer standen vorm Hochofen und stotterten das gleiche. Das heißt, eigentlich stotterten diese Leute nicht, eigentlich redeten sie wie vergilbte Formulare.
Schon die Auftaktmusik der Nachrichten klang naiv und gewalttätig, gewalttätig aber vielleicht nur, weil er solch einen Horror vor ihr hatte. Kuten Tak meine Tamen und Ärren.
Ein Wunder eigentlich, tass tie Tame nicht sakte, Kemossinen und Kemossen.

Kian wäre auch übel geworden, wenn der Unteroffizier die Aufmerksamkeit nicht überwacht hätte.
Dabei trug er Zeitungsartikel, die sich vom Ton der Nachrichten nicht unterschieden, im Politunterricht ziemlich schwungvoll vor.
Er steigerte sich hinein in die Floskeln, erst stockend, dann mit Begeisterung. Sogar eigene Kommentare fügte er hinzu, in einer den Artikeln ganz ähnlichen Sprache.
Er gab sich als Marx-Leser aus und behauptete, *Das Kapital* gelesen zu haben.
Der Leutnant unterhielt sich in einer Übungspause mit zwei Offizieren darüber, ob die politische Schulung nicht manchmal wirklichkeitsfremd sei.
Wie hätte Marx sie gestaltet, der doch sogar Arbeitern *Das*

Kapital erklärt hatte, das selbst heute nur wenige verstünden?
Kian wurde eingeladen, an dem Gespräch teilzunehmen, als Betroffener sozusagen. Und er meinte, *Das Kapital* könne jeder verstehen, es läse sich wie ein Roman, an die Sprache würde man sich gewöhnen.
Einer der Offiziere war da ganz anderer Meinung.
Und was würde es überhaupt nutzen, wenn jeder *Das Kapital* läse? Würden sich dadurch die politischen Überzeugungen festigen?
- Das vielleicht nicht, antwortete Kian.
Aber es wäre immerhin eine anspruchsvolle Aufgabe. Man müsste nicht immer das gleiche lesen, das man schon tausendmal gehört habe.
Dem stimmten die Offiziere zu, obwohl:
- Die Wahrheit kann man nicht oft genug hören.
Oft genug nicht, aber zu oft, dachte Kian.
Hinterher machte er sich Vorwürfe, dass er überhaupt mitgeredet hatte.

Das einzige interessante Thema im Polituntericht waren die Todesfälle in der Armee. Abgesehen von den normalen Unfällen, die wie im Straßenverkehr einfach vorkamen, fügten sich Soldaten untereinander Schikanen zu, die manchmal tödlich endeten.
Das waren Schikanen, die der Tradition der Naziarmee und sogar noch der kaiserlichen Armee entstammten.
Überreste bürgerlicher Dekadenz, nannte der Politoffizier sie.
Am gefährlichsten war das sogenannte Musikbox-Spiel.
Dabei wurde ein Soldat in einen Spind gesperrt und von älteren Soldaten wurde ihm befohlen zu singen. Tat er das

nicht, wurde der Spind angekippt und nötigenfalls auf den Boden fallen gelassen. Sang der Soldat dann noch immer nicht, wurde er mit dem Spind aus dem Fenster geschoben, sogar aus oberen Stockwerken.
Einer sozialistischen Armee waren solche Verhaltensweisen wesensfremd. Sie fanden fast immer unter Einfluss von Alkohol statt. Besonders in Panzer- und Infanterieregimentern wurde dieses Spiel ausgeübt.
Überhaupt war die Bandbreite der Schikanen, die vor allem Entlassungskandidaten sich für Soldaten des ersten Diensthalbjahres ausdachten, unendlich weitgefächert.
So wurden die Springer oder Kaffer, wie die neuen Soldaten auch genannt wurden, gezwungen, für die älteren Semester Heimfahrt zu spielen.
Während dieses Spiels setzten sich die Entlassungskandidaten wie in einem Zug hintereinander und die jungen Soldaten mussten mit Sträuchern auf dem Kopf an ihnen vorbeikriechen, um eine Landschaft zu mimen, und Zuggeräusche ausstoßen. Oder sie mussten sich als Mitropa-Kellner betätigen und Kaffee servieren, der dann Negerschweiß hieß, was eine eindeutig rassistische Komponente hatte.
Ein weiteres Spiel war unter dem Namen Schildkröte bekannt, bei dem einem jungen Genossen um Ellenbogen und Knie Stahlhelme gebunden und er über den Flur gezogen wurde. Gras musste er dann fressen und seinen Kopf wie eine Schildkröte bewegen. Dieses Spiel sollte ihm zeigen, wie langsam seine noch zu dienenden Tage dahinschlichen.

Staunend hörte sich Kian diese Berichte an. So etwas gab es also.

Seine Aufgabe als Unteroffizier würde es sein, gegen diese Erniedrigungen einzuschreiten.
Er würde auch darauf zu achten haben, dass die Stubendecken von den Soldaten des zweiten Diensthalbjahres nicht zerstört wurden.
Wenn nämlich die Zahl der noch zu dienenden Tage, die in Zentimetern gemessen wurden, die lichte Höhe einer Soldatenstube unterschritt, feierten die Vize den Deckendurchbruch, bei dem die Tage durch die Decke brachen. Aus diesem Anlass wurde Putz von der Decke geschlagen und die jungen Soldaten mussten mit Stahlhelm und Schutzmaske schlafen, um sich vor dem herunterrieselnden Staub zu schützen.
Fantasie hatten die Soldaten offenbar.
- Stellen Sie sich darauf ein, riet der Politoffizier.

Auf seinen ersten Urlaub bereitete Kian sich ausführlich vor. Ständig erstellte er Pläne. Jede Stunde wollte er im Urlaub nutzen und keine sinnlos verstreichen lassen. Spätabends würde er ankommen. Dann wollte er gleich spazierengehen. Nachts allein durch die Stadt zu streifen, während alle anderen schliefen, das stellte er sich als ein schönes Unternehmen vor.

Er würde sich in den Park setzen und nur Hundegebell hören, das würde seinen Nerven guttun. Und seinem heimlichen Wunsch, als einziger Überlebender einer Katastrophe in einer ausgestorbenen Stadt zu wohnen, käme es auch nahe.

Am ersten Morgen wollte er bis neun Uhr schlafen, nicht länger. Kein Pfeifen würde ihn wecken und niemand ihn zum Frühsport treiben. Allein dafür lohnte sich der Urlaub. Er würde die Stille des Hauses genießen und die Abwesenheit seiner Eltern. Bis in den Vormittag hinein wollte er frühstücken und Zeitung lesen.

Dann würde er in seinem Zimmer die Möbel umräumen, dafür hatte er schon Ideen. Seinen Kleiderschrank wollte er auf den Flur stellen, um mehr Platz zu haben. Es wurde Zeit, dass er sich veränderte. Bis Mittag würde das Umräumen dauern, wenn er bedachte, was er alles wegzuwerfen hätte, Schulsachen und dergleichen.

Von zwölf bis eins wollte er essen gehen, und zwar in einer Gaststätte, egal, was seine Mutter zu dieser Verschwendung sagen würde. So teuer war ein Essen nicht und er wollte sich bedienen lassen.

Dann würde er endlich wieder einen Kriminalroman lesen. Das vermisste er sehr.
Am Abend würde er sicher mit seinen Eltern reden und Neuigkeiten über den Onkel hören. Er hatte ihnen einen Brief geschrieben, mit sehr offenen Worten, wie er fand.

Ich verstehe gar nicht mehr, weshalb Ihr euch so oft streitet. Ich sage nur meine Meinung. Hier merke ich, wie schön es ist, sich nach zu Hause zu sehnen. Zu Hause ist doch alles friedlicher. Ich sehe jetzt vieles anders, was ich früher nicht so gesehen habe. Früher kannte ich ja nur meine Umgebung. Jetzt habe ich schon mehr erfahren. Vielleicht war so ein starker Wechsel nötig (und gut!), damit ich mich verändern konnte. Ich weiß jetzt, wie ich meine Zeit besser nutzen werde. Das lernt man hier. Hier muss ich nur marschieren und exerzieren und immerzu ist Stress. Deshalb ist Freizeit so wertvoll. Das weiß man »draußen« nicht oft genug.
Auch an euch habe ich oft gedacht. Das mit dem Streiten sagte ich ja schon. Aber mir ist noch mehr eingefallen. Vielleicht können wir zu Hause darüber reden. Ich hoffe, es geht euch gut.

So offen, auch über sich selbst, hatte er noch nie mit seinen Eltern gesprochen. Im Brief konnte er das.
Aber es stimmte, dass die Streitereien seiner Eltern aufhören mussten. Sein Vater sollte endlich aufhören, von seiner Wehrmachtszeit zu schwärmen. Er sah doch jetzt, wie wenig romantisch das Leben bei der Armee war.
Und seine Mutter sollte ihre Zänkereien mal lieber sein lassen. Sähe sie ihn hier, wüsste sie, dass sie sich nicht beklagen konnte. Das wollte er ihr sagen.

Nach diesem Gespräch würde er ins Kino gehen oder zur Disco. Wenigstens sehen wollte er Frauen.
Lange würde er aber nicht bleiben, um auch den nächsten Tag voll zu nutzen. Er war es sich schuldig, den Urlaub nicht zu verbummeln. Einen regelrechten Stundenplan schrieb er.

Doch es kam anders. Gleich nach seiner Ankunft wurde er unangenehm überrascht.
Seine Eltern hatten sich in seiner Abwesenheit heftigst gestritten. Wie heftig, konnte er nur ahnen, wenn es das übertraf, was er schon kannte.
Sie bewohnten jetzt getrennte Zimmer. Und zwar auf seine Kosten. Sie hatten sein Zimmer aus dem Obergeschoss kurzerhand in die untere Etage verlegt, neben das Schlafzimmer seiner Mutter. Und sein Vater schlief jetzt in seinem Zimmer.
Er hätte eben nicht planen dürfen. Aber er plante immer und plante und die Enttäuschungen warfen alle Pläne um.
All seine Sachen hatten sie runtergeräumt. Nicht einmal geschrieben hatten sie ihm das, dafür waren sie wohl zu feige gewesen.
Sein neues Zimmer war nur eine Kammer, mit einer feuchten Wand, und dunkel war es auch. Und neben seiner Mutter sollte er jetzt schlafen? Vorher hatte er den Lärm seiner Eltern immerhin nicht ständig gehört, aber jetzt?
- Jetzt streiten wir uns doch nicht mehr, versuchte ihn seine Mutter zu beruhigen.
Das war ein schöner Trost. Nur damit sie sich aus dem Wege gehen konnten, durfte er darunter leiden.
Praktisch hatte er kein Zuhause mehr. Er war ein Nichts

für seine Eltern, das musste er ihnen mal klar sagen. Im besten Einvernehmen stritten sie sich und was aus ihm wurde, war ihnen egal.
Er wäre nur selten zu Hause! Und wenn er zurückkäme, würden sie eine bessere Regelung finden!
Er kam aber jetzt zurück und nicht erst in drei Jahren.
Sein Vater hatte sich zu allem Überfluss einen Hund gekauft, einen Berner Hütehund. Das war die richtige Ablenkung für ihn. Jetzt konnte er den herumkommandieren. Borni hatte er das arme Tier getauft, was sich schon anhörte wie: Geboren, um zu gehorchen. Und so ein Riesenvieh war das, ständig lief dem der Geifer aus der Schnauze. Mit dem konnte sein Vater durch die Stadt laufen und prahlen. Ein Sensatiönchen mehr aus der kaputten Familie.

In der ersten Nacht schlief Kian fast gar nicht. Am liebsten wäre er aufgestanden, um seinen Vater aus seinem Zimmer zu schmeißen. Dann könnte der mal sehen, wo er bliebe.
Wenigstens waren seine Eltern am Tage nicht zu Hause. Das hätte ihm noch gefehlt, sich mit ihnen unterhalten zu müssen. Sein Zimmer brauchte er nun auch nicht mehr umzuräumen, das hatte sich erledigt.
Zwei neue Kriminalromane hatte ihm seine Mutter hingelegt, wohl als Wiedergutmachung.
Er nahm sie, ging in den Park und begann zu lesen. Das erste Buch war gleich sehr anspruchsvoll.
Es schulte das Kombinationsvermögen und die Beobachtungsgabe und er konnte lernen, wie schwer es war, Menschen zu beurteilen. Vielleicht machte er es sich auch zu leicht mit seinen Eltern. Vielleicht gab es Gründe für ihr Verhalten, die er nicht kannte.

Ein Kriminalpolizist erzählte: *Irgendwann schoss mir der Gedanke durch den Kopf, dass ich, sollte ich eine Aussage machen müssen über einen mir fremden Mitmenschen, meine Erfahrungswelt, meine Grundsätze als Ausgangspunkt nähme. Ich urteile in gewissem Umfang ohne Kenntnis der Dinge. Mein Ausgangspunkt ist der Ausgangspunkt meines Daseins. Löge ich aber plötzlich, müsste ich meinen Ausgangspunkt ändern. Das heißt: Objektive Verfälschung von Tatsachen führt uns vom subjektiven Ausgangspunkt des Fälschers weg. Aber diese Feststellung ist nicht absolut, sie birgt Fehlerquellen, weil eine subjektive Haltung manchmal zur objektiven wird. Ich will sagen, die falsche objektive Aussage kann von einer falschen oder verfälschten subjektiven Haltung herrühren.*

Das war ziemlich kompliziert. Er las den Abschnitt mehrere Male. Ganz verstand er ihn trotzdem nicht. Aber die Unterscheidung von subjektiv und objektiv musste bei jeder Beurteilung getroffen werden, das wusste er noch aus der Schule.
Und für Krimiautoren wurde es immer schwieriger, das Leben verständlich darzustellen.
In dem Buch begleitete eine Krimiautorin die Kriminalisten bei ihrer Arbeit und als in einem Mordfall ein neuer Verdächtiger auftauchte, erkannte sie das. Der neue Verdächtige verwirrte alle vorherigen Ermittlungen.

Jetzt ist zwar unser Wissen umfassender als vorher, aber die Fragezeichen haben sich vervielfacht. Alles wird undurchsichtig, vage, man wähnt sich der Wahrheit entfernter als je, erzählte die Autorin.

Und weiter: *Solche Vorgänge haben etwas Exemplarisches. Im neunzehnten Jahrhundert glaubte man ganz zuversichtlich, binnen kurzem die Natur, die materielle Welt vollständig erklären zu können. Heute bereitet es Mühe, sie auch nur zu beschreiben. Das ist eine atemberaubende Genesis: Der Mensch wird von seinen letzten Thronen gestoßen, verschwindet fast in Bedeutungslosigkeit – die abgetane Natur, der gering geschätzte tote, materielle Stoff entfaltet ungeahnte Dimensionen.*

Zu solchen schwierigen Gedanken war die Autorin gelangt und nur durch eine kleine Veränderung in der Arbeit der Polizei.
Der Mörder und die Welt im Ganzen hingen nämlich immer zusammen. Die Krimiautorin schlug in dem Buch deshalb vor, neben dem Mord immer auch die Welt als solche zu analysieren und mit dieser Analyse den Mörder zu finden. Sie nannte dies die künstlerische Methode der Ermittlung:

Der Mensch muss in seiner Entfaltung einen Punkt erreichen, wo er nicht mehr Vergangenes rekapituliert: wo er zum Ausdruck des Gegenwärtigen wird! Die Reifeentwicklung des Menschen ist ein individueller Nachvollzug der Emanzipation der Menschheit bis zum heutigen Tag. Denn mit der Geburt ist das Werden eines Menschen nicht abgeschlossen. Die Bildung des Menschen im Mutterleib verweist auf die stammesgeschichtliche Entwicklung des irdischen Lebens überhaupt. Die Ontogenese ist die Rekapitulation der Phylogenese. Denn worin drückt sich das Wesen einer Epoche anders aus, als in den Menschen, deren Epoche das ist.

Und nun Goethe: Alles Vergängliche ist nur ein Gleichnis. Dem Künstler erscheint ohnehin sein Leben als gleichnishaft, exemplarisch. Ich glaube, das gilt mehr oder weniger für jeden Menschen, ob er es begreift oder nicht. Jeder ist auf irgendeine Weise Ausdruck eines Allgemeinen. Auch der Mörder! Und damit hätten wir ihn. In seiner Tat wie in seinem Leben muss sich etwas verkörpern, was zumindest in einer Beziehung steht zu dem, was ich das Wesen des gegenwärtigen Weltzustandes nenne.

Das war wieder sehr kompliziert. Er versuchte es zu verstehen.

Wenn Mörder tatsächlich mit dem Weltzustand verbunden waren, würden sie auch nur bestimmte Morde begehen. Jede Zeit brächte andere Verbrechen hervor, aber welche? Gut, als es Pistolen noch nicht gab, konnte niemand mit einer Pistole erschossen werden. Und im Mittelalter wurden Diebe geteert und gefedert und heute nicht mehr. Aber was erklärte das schon? Die Polizei rechnete ja nicht damit, dass jemand gefedert und geteert werden würde. Außerdem war das damals kein Verbrechen.

Und ansonsten war bei jedem Mord irgendeine Hinterhältigkeit und Gemeinheit mit im Spiel, ehrliche Morde konnte es wahrscheinlich nicht geben. Nur im Selbstmörderklub wurden Morde vereinbart und damit waren die Opfer einverstanden.

Fairerweise fügte die Autorin hinzu, dass ihre Ermittlungsmethode wahrscheinlich nicht perfekt war:

Die Verfahrensweise ist vieldeutig, wie andere auch. Sie kann nichts beweisen.

Die Welt wurde eben immer unbegreiflicher. Sogar ein

Blinder erklärte in dem Buch, in einem Wiener Café in Berlin:
Die Welt ist eine gegliederte Einheit. Würde die Entwicklung eines ihrer Teile bedrohlich, wäre dessen Vernichtung eine Regulation, die die Weiterexistenz des Gesamtsystems ermöglicht. Wenn die Menschheit pervertiert, wird sie von den objektiven Gesetzmäßigkeiten eliminiert. Ich jedenfalls glaube an die Gerechtigkeit der Materie. Was bleibt, ist vernünftig! Hören Sie: Nicht, was ist – was bleibt!
Und die Krimiautorin antwortete:
Noch nie waren Hunderttausende an Hunger verreckt. An Geschwüren krepiert. Noch nie hatte Strategie das Leben aller bedroht. In dieser wunderbaren Zeit.

Das mit der wunderbaren Zeit war sicher sarkastisch gemeint, aber wieso krepierten Hunderttausende an Geschwüren?
Eigentlich störten solche Abschnitte in Krimis. Doch sie kamen immer wieder vor. Verbrechen durften ja an sich nicht mehr stattfinden, weil die Bedingungen fehlten, die Verbrechen nötig machten.
Andererseits waren Verbrechen etwas Positives, weil sich in ihnen die Verbrecher selbst entlarven. Integre Persönlichkeiten der Gesellschaft, die in Wirklichkeit gar nicht integer waren, wurden in Konfliktsituationen durchschaubar.
Trotzdem sollten wir uns darauf nicht verlassen, erklärte ein Hauptmann im nächsten Buch. *Wie oft sind sie gut getarnt und wie selten helfen uns Verbrechen dabei, ihnen die Tarnung wegzunehmen.*
Verbrechen reinigten also die Gesellschaft.
Meist verrieten sich die Verbrecher durch Fehler. Manche

gaben Dinge zu, die ihnen nicht nachgewiesen werden konnten.
Ein Ingenieur gestand, dass er ein Patent für einen Taschenrechner in den Westen hatte bringen wollen, ohne dass gesagt wurde, wie er in den Westen gekommen wäre. Er hatte einem Freund gegenüber nur geprahlt, dass er im Westen mit dem Patent ein gemachter Mann wäre. Aber verurteilt wurde er für Industriespionage.
In Krimis, die im Westen spielten, kamen solche Konstruktionsfehler seltener vor.
In einem, an den er sich erinnerte, hatte ein Mann rätselhafte Maschinen gebaut, nicht größer als Spielzeugbagger, und diese Maschinen hatte der Mann an Schnüren über seinem Bett befestigt und sie gegeneinander wie Menschen kämpfen lassen. Mit dieser Art Unterhaltung hatte der Mann sich nach einem Mord beruhigt, nach einem Auftragsmord, zumal es sein erster Mord gewesen war und er seine Auftraggeber nicht kannte. Und die Bezahlung für den Mord ließ auch auf sich warten. Da der Mann aber gute Arbeit geleistet hatte, bekam er sein Geld dann doch und auch gleich einen zweiten Auftrag. Nachdem er den zweiten Auftrag erledigt hatte, zerlegte er die Maschinen wieder in ihre Einzelteile und baute neue. Die Maschinen waren ziemlich ausführlich beschrieben. Stundenlang hatte der Mann auf dem Bett gelegen und sie elektronisch gelenkt. Das Buch spielte natürlich in Amerika. Nach dem zweiten Mord bekam der Mann kein Geld mehr. Er suchte nach seinen Auftraggebern. Von diesem Moment an begann ein Katz-und-Maus-Spiel mit einer mächtigen Verbrecherorganisation. Das endete in einer primitiven Schießerei, bei der auch der Mann tödlich getroffen wurde, kurz nachdem ihm das Geld übergeben worden war.

Verbrechen lohnt sich nicht, das war wohl die Lehre des Buches. Der Mann war eigentlich keine große Leuchte gewesen. In seiner Kindheit hatte ihm seine Mutter ein Jahr lang alle Spielsachen weggenommen, weil er wiederholt geklaut hatte, und deshalb hatte er wohl als Erwachsener immer diese Maschinen gebaut.
Jack holte mit seinen Maschinchen seine Kindheit nach, an diesen Satz konnte sich Kian noch erinnern.

Er dachte sich eigene Mordgeschichten und Unfälle aus, die seinen Eltern widerfahren könnten, Sägeunfälle und Brandunfälle und Autounfälle.
Offenbar war es Ausdruck des Allgemeinen, dass er diese Gedanken hatte. Stunde um Stunde zerrann und an Erholung war überhaupt nicht zu denken. Er blickte ständig auf die Uhr und rechnete einmal sogar die Minuten aus, die er noch ohne Uniform verbringen würde. Und das hatte er alles seinen Eltern zu verdanken.
Sein Cousin hatte es gut, der schrieb sich den Ärger mit seinen Eltern fröhlich von der Leber weg. Sein Vater hatte ihn geschlagen und er feierte trotzdem mit ihm Fasching, als wäre das beide Male das Gleiche.
Und sein Onkel verkroch sich in seine Geschichten, goldene Türme und Vöglein, Vöglein an der Wand. Ein Märchenland mit Beelzebub und Feen. Zertanze die Schuhe nächtens, die Königstochter führt dich heim in ihr Reich. Der Frosch hat dich wach geküsst, die Raben stehn dir stets zu Diensten. Hexe Babajaga dreht ihr Häuschen, die Pfefferkuchen sind angebrannt. Der Wolf trägt das blaue Licht.
Und begleitet werden die Zaubereien von Onkel Wladimir, dem Kahlköpfigen. Der Kaiser hat ihm freies Geleit

zugesichert. Auf dem Bahnhof von Petrograd ist kein Durchkommen mehr bei Ankunft des Zuges. Das Onkelchen schwenkt seine Mütze, das ist das Zeichen für den Sturm auf das Winterpalais. Rote Matrosen werden Minister, die Weißen an die Wand gestellt, Peng, Peng.

Kian überstand den Urlaub. Eines Tages würde er sich an seinen Eltern schon rächen. Und wenn sie auf dem Friedhof stehen und heulen müssten, das wäre auch eine Rache.

Im gewissen Sinne hatte der Unteroffizier recht gehabt, als er gesagt hatte, dass man bereuen könne, in den Urlaub zu fahren. Er hatte damit seine Freude auf ihre Rückkehr angekündigt.

- Den Urlaub vergessen Sie mal schnell, so begrüßte er sie.

Sie hatten kaum die Kaserne betreten, als sie raustreten mussten zum Sturmbahntraining. Das Frühstück fiel aus. Nach durchfahrener und für viele nach durchsoffener Nacht war das reine Schikane.

Kian war vor dem Urlaub ohne Mühe über die Eskaladierwand geklettert und jetzt brauchte er mehrere Anläufe dafür. Neben ihm kotzte einer, der durfte pausieren, aber nur eine Runde. Ein anderer rutschte vom Stempel ab, prallte gleich auf die Eier.

- Und die nächste Runde mit Schutzmaske, bitte.

Die langsamen Läufer hatten nach jeder Runde zwanzig Kniebeugen vorzuführen, mit ausgestreckten Armen, die Mpi in den Händen.

Anschließend 3000-m-Lauf, in Uniform und Stiefeln.

Aus Protest liefen sie die ganze Strecke im Gleichschritt, aber der Unteroffizier machte sich gar nichts daraus:

– Wenn Ihnen das Spaß macht, bitte.

Spaß machte es allerdings, wie die Stiefel knallten, und be-

straft werden für Langsamkeit konnte niemand mehr. Nur strengte es noch mehr an.
Kian lief das Wasser am Körper hinunter und Glühbirnen platzten vor seinen Augen.
Mit klappernden Stahlhelmen marschierten sie zurück in die Kompanie. Die schmierige Waschrinne war genauso schmierig wie in den Wochen davor.
Ein wenig Zeit mehr hatten sie jetzt zum Waschen und auch abends eine halbe Stunde länger Freizeit, nach den Nachrichten.
Und der Unteroffizier wurde in den Rauchpausen auf einmal privat.
Er hielt einen Vortrag über Frauen und darüber, wie man sich Frauen zu nähern habe. Wer sich Frauen mit Gewalt nähere, sei ein ranziges Arschloch, so der Unteroffizier. Er verstünde den Druck, den manche im Urlaub hätten, jedoch wer es nötig habe, Frauen im Park zu überfallen, der gehöre zusammengeschlagen. Er selbst würde jedem die Fresse polieren, den er bei einer solchen Aktion erwischen würde.
Alle nickten beifällig.
Rätselhaft blieb, weshalb er das sagte. Er schien in seinem Urlaub einiges erlebt zu haben. Eigentlich wirkte er mit seinem spitzen Gesicht und mit seiner Brille, die vielleicht vor dreißig Jahren modern gewesen war, gar nicht wie der große Zampano.
Ein Bart wuchs ihm offenbar auch nicht. Dafür kontrollierte er zum Morgenappell gern die Rasur, man musste das Kinn heben und er guckte sich Wangen und Hälse genau an.

Nach der Grundausbildung begannen jetzt technische Schulungen. Kian wurde zum Stromversorgungsaggregatemechaniker ausgebildet. Als Stormversorgungsaggregatemechaniker hatte er Stromversorgungsaggregate zu warten und zu bedienen. Stromversorgungsaggregate versorgten Feldlager mit Strom und hielten im Kriegsfall die Stromversorgung aufrecht. Ohne ihn und seine Aggregate würden im Krieg ganze Truppenteile ohne Strom dastehen, soweit er das verstanden hatte.
Die Stromversorgungsaggregate bestanden lediglich aus einem Motor und aus einem Generator. Der Motor trieb den Generator an und der Generator erzeugte Strom. Die Geräte waren so alt, dass sie sicher schon im Zweiten Weltkrieg gedient hatten. Zwar wiesen die Maschinenschilder erst ein Alter von zehn oder fünfzehn Jahren aus, aber oft waren diese Schilder bei der letzten Reparatur ausgetauscht worden, so dass das tatsächliche Alter älter war als das angegebene.
Die Schulungen begannen beim Urschleim, nämlich mit dem Fach Materialkunde und der theoretischen Frage: Was ist Strom? Wieder musste Kian Dinge lernen, die er schon wusste und die ihn jetzt noch weniger interessierten. Stundenlang musste er die Dichte von Metallen ausrechnen und die Elemente von Legierungen auswendig lernen. Und das magische Dreieck in der Theorie waren die Begriffe Strom, Spannung und Widerstand.
Sie wurden ausgebildet, als sollten sie die Aggregate mit Faustkeilen herstellen, wie Cyrus Smith aus dem Nichts heraus Eisen gegossen hatte.
Als Stromversorgungsaggregatemechaniker gehörte Kian zu den Nachrichtentruppen. Erst sollte er zum Propagandaunteroffizier ausgebildet werden und in dieser Funk-

tion hätte er Gefechte mit Musikbeschallung unterstützen müssen, damit der Gefechtslärm angenehm übertönt werden würde und die Soldaten vor dem Feind nicht wegliefen, sondern die Stellung hielten. Es gab extra Fahrzeuge dafür, die mit starken Lautsprechern ausgerüstet waren und die im Kriegsfall an vorderster Front stehen würden. Er war in diese Aufgabe schon eingewiesen worden und man hatte ihm erklärt, dass im Krieg auch die westliche Rockmusik Anwendung finden würde, ideologische Rücksichten wären dann nicht mehr zu nehmen, wichtig wäre nur, die Motivation aufrecht zu erhalten.
Er hatte sich schon gefreut, MG-Feuer im Rhythmus von Deep Purple oder den Rolling Stones zu begleiten. Aber dann hatte man bemerkt, dass er kein Mitglied der Partei war, das wurde ihm wieder einmal zum Verhängnis, denn nur zuverlässige Genossen durften Gefechte ideologisch unterstützen.
So wurde er umgesetzt in die Gruppe der Stromversorgungsaggregatemechaniker.
Einmal in der Woche mussten sie die Aggregate auseinandernehmen und wieder zusammenbauen, zum Üben. Blieben Teile übrig, funktionierten die Aggregate oft trotzdem, so einfach war deren Bauart.

Regel Nummer eins bei der Armee lautete: Versuche nie, einen Befehl zu begreifen.
Viele Befehle konnte man nämlich nicht begreifen.
Oder wer wollte verstehen, dass sie den Wald harken mussten, zehn Meter rechts und links der Straße, weil der Verteidigungsminister seinen Besuch angekündigt hatte?
Tatsächlich flog der Minister dann mit dem Hubschrauber

ein und die Straße benutzte er gar nicht. Und ob er vom Auto aus kontrolliert hätte, ob der Wald geharkt worden war, durfte man vielleicht bezweifeln.
Es sollte sogar Kasernen geben, in denen bei Inspektionen von Generälen die Rasen grün gespritzt wurden, doch das war sicher nur ein Gerücht.
Unverständlich waren auch manche Übungen.
In der Nahkampfausbildung mussten sie mit dem Gewehrkolben auf Gummireifen einschlagen. Die Gummireifen waren feindliche Soldaten. An den unteren Rändern saßen die Weichteile, Nieren, Milz und Leber. Die hohe Schule des Nahkampfes war es, dorthin oder Hals und Kopf zu treffen, die allerdings streng genommen auf den Gummireifen nicht mehr drauf waren.
Und Schreie mussten sie bei jedem Treffer ausstoßen, wie die fanatischen amerikanischen GI's und deren Elitetruppen. Die waren ihnen in einem Lehrfilm vorgeführt worden. Eigentlich sollten Fallschirmjäger gegen diese vertierten Soldaten kämpfen, aber in einem Krieg war man vor Überraschungen nicht sicher und vielleicht würde es zu einem Kampf Mann gegen Mann kommen.
Vielleicht gehörten die Reifen zu einer Art psychologischer Kriegsführung, denn ihnen gegenüber blieb man immer Sieger und das hob die Motivation. Direkt am Mann wurde der Nahkampf selten geübt. Dabei durften sie die Schläge nur antäuschen, weil bei diesen Übungen zu oft Unfälle geschahen. Mancher drosch eben doch wild drauflos, statt überlegt und kaltblütig zuzuschlagen.

Wochen und Monate schlichen dahin. Die Sonne hing als brennendes Ei am Himmel, bereit, herunterzufallen.
Früher, bei den Nazis, hatte das Objekt als U-Boot-Hafen

gedient und zugleich als Erholungsheim für verdiente Volksgenossen. Unterirdische Betonbunker bezeugten noch diese Zeit. Die Bunker waren überflutet und es hieß, dass Taucher mehrmals versucht hätten, sie zu erkunden, aber keiner wäre zurückgekehrt. Man konnte fast an einen Fluch glauben, wenn das stimmte. Die Frühsportstrecke führte an den Bunkern vorbei und vom Weg abzukommen sollte gefährlich sein, da noch immer Betonplatten einzustürzen drohten.

Im nächsten Krieg würden solche Bunker wahrscheinlich einschmelzen. Dann würden wenigstens auch keine Legenden mehr entstehen, die nur die Abenteuerlust weckten.

Der Politoffizier mahnte, wie man sich im Ernstfall zu verhalten hätte.

- Ihr werdet Leute brennen sehen und müsst die Ruhe bewahren und wenn es eure eigenen Eltern sind.

Keine Minute sollte die drohende Kriegsgefahr vergessen werden.

- Vertraut euren Offizieren und unserem Geheimdienst, der uns schon rechtzeitig vor dem Krieg warnen wird!

Der Geheimdienst sollte der zweitbeste der Welt sein, nach dem israelischen, erzählte der Politoffizier.

Das Vertrauen in die Offiziere beschäftigte Kian eine Weile. Der Leutnant gestand ihm in einer Wachpause, dass er enttäuscht sei von der Armee.

Zwei Jahre sei er nun Offizier, aber er sei noch immer abhängig von seinem Vorgesetzten und niemals könne er selbst etwas gestalten. Kian hatte ein solches Geständnis nicht erwartet.

Der Leutnant beließ es bei diesen Andeutungen. Vielleicht

hatte er Angst, dass er ihn verraten würde. In jedem Zug gab es einige Leute, die unerwünschte Äußerungen weitermeldeten, an die entsprechenden Stellen.
Aber dann hätte der Leutnant ihn gar nicht erst ins Vertrauen ziehen dürfen. Andererseits hielt er ihn wahrscheinlich für intelligent genug, auch allgemeine Andeutungen zu verstehen. Er setzte sicher sein Einverständnis voraus.
Vielleicht hatte er ihn jedoch überprüfen wollen. Da er nicht widersprochen, sondern ihm zugestimmt hatte, war seine politische Unzuverlässigkeit eigentlich offensichtlich. Ein Offizier, der bereute, Offizier geworden zu sein, das war doch eine grundsätzliche Kritik und er hätte wenigstens mit einigen positiven Argumenten antworten müssen. Der Leutnant konnte seine Unzufriedenheit nur vorgetäuscht haben, um seine Meinung zu erfahren. Jeder wurde unter dem Gesichtspunkt der Zuverlässigkeit überprüft und nach diesem Maßstab wurde entschieden, in welchen Truppenteil einer versetzt wurde.
An sich musste der Leutnant damit rechnen, dass er ihn verraten würde, und er musste auch damit rechnen, dass der Leutnant ihn verraten würde.
Wenn der Leutnant ihn aber nicht überprüft, sondern es ehrlich gemeint hatte und er hätte seine Äußerung weitergemeldet, dann wäre er eindeutig der Verräter gewesen.
Solche Dinge waren immer kompliziert und kaum zu lösen. Einerseits sollte man sich vertrauen, gerade bei der Armee, andererseits war das kaum möglich.

Ein Härtetest sollte sie physisch und psychisch gestählt in die Truppe entlassen. Sieben Tage Feldlager schlossen die Ausbildung ab.

Zur Eröffnung wurde ein Befehl des Ministers verlesen. Sicherheit darf nicht auf Kosten der Ausbildung gehen, hieß es darin. Also waren Unfälle wohl einzukalkulieren. Und der Politoffizier führte weiter aus:
- Wir werden keine Mühe, keinen Schweiß scheuen. Bajonett- oder Säbelangriffe der Vergangenheit erforderten Mut und Tapferkeit und kosteten viel Blut, aber es gab dabei nicht viel zu überlegen. Vom Soldaten von heute wird bedeutend mehr verlangt. Er hat im härtesten Kampf nicht nur seinen Mut, sondern auch einen klaren Kopf zu bewahren. Er muss nicht nur zustechen und niedersäbeln, sondern er hat auch zu überlegen und zu entscheiden. Er hat die Angaben der Apparate zu überwachen und technische Störungen zu beheben. Und das alles im Feuer, im Kampf, ständig von einer blitzartigen Vernichtung bedroht. Nur die Einheit von Mensch und Technik führt real zu einer höheren Kampfkraft.
Das Leitwort lautete:
- Den Gedanken Licht, den Herzen Feuer, den Fäusten Kraft!
So gestärkt, begann ein 10-km-Marsch, mit den üblichen Einlagen *Gas!, Sturmangriff von links!, Schützengräben ausheben!, Atomschlag von rechts!*
Granaten flogen durch die Luft und Leuchtspuren zierten den Himmel.
Nach der Ankunft im Lager mussten sie die Stromversorgungsaggregate in Rekordzeit auseinandernehmen und zusammenbauen. Zu essen gab es klebrige Komplektenahrung, aus der Büchse, garantiert atomsicher.
Schlafen durften sie in der ersten Nacht gar nicht, in der zweiten und dritten Nacht wenige Stunden. Sie hoben Gruben aus zum Schlafen, in denen Platz für zehn Leute

war, jedoch nur, wenn jeder die Beine anzog und die in der Mitte Liegenden getreten wurden.
Bald begann es zu regnen und in den Gruben lief das Wasser nicht ab.
Kian träumte von Schüssen durch Münder und Nasen, von blauen Bluträndern, von einer Apfelsine, die dem Kopf eines Babys glich und zu singen anfing, bis sie sich schließlich in eine Frau verwandelte, die auf einer Bühne turnte.
Seine Beine lösten sich während des Traums langsam in Wasser auf, er konnte das deutlich erkennen.
Am Ende der Woche galt der Feind als besiegt und der Leutnant lobte die Disziplin.
Sie marschierten zurück in die Kaserne, auf Umwegen diesmal, so dass sich der Weg auf vierzig Kilometer verlängerte, ein Tagesmarsch in Kriegszeiten. Zweimal waren zehn Kilometer im Laufschritt zurückzulegen, soweit ein Laufschritt möglich war mit dem schweren Gepäck. Dass niemand zusammenbrach und unter der Gasmaske am eigenen Erbrochenen erstickte, war ein Ergebnis der guten Ausbildung.

Endlich wurden sie zu Unteroffizieren befördert. Sie bekamen die Litzen überreicht, die Gurkenschalen. Kein *Achtung!* erfolgte mehr, wenn der Unteroffizier die Stuben betrat.
Der Leutnant persönlich musste ihnen befehlen, mit Harken und Schaufeln vor der Kaserne anzutreten und die Brotreste und Blechbüchsen und leeren Flaschen aufzusammeln und feine Striche in den Sand zu ziehen, dort, wo sonst die Ratten sich tummelten.

Den Namen des neuen Standorts, an den er für die nächsten zweieinhalb Jahre versetzt wurde, hatte Kian noch nie gehört.
Eigentlich klang der Name romantisch: *Wildpark – West,* als ob die Kaserne zwischen Blumenrabatten und alten Eichen stehen würde, mit Rehen und Hasen im Dickicht.
Dennoch lag *Wildpark – West* in der Nähe einer größeren Stadt. Außerdem war es das Kommando der Landstreitkräfte. Er war ziemlich überrascht, als er das las. Eine höhere Dienststelle war nur das Ministerium.
Zivilisierter als in einem Panzer- oder Artilleriebataillon würde es dort sicher zugehen. Und die Verpflegung würde bestimmt nicht die schlechteste sein. Wo hohe Offiziere stationiert waren, wurde in der Regel auch auf das Essen geachtet.

In der ersten Nacht glaubte Kian allerdings in einem Irrenhaus gelandet zu sein.
Er hatte sich gleich nach seiner Ankunft schlafen gelegt, in ein leeres Zimmer. Die Nachtruhe hatte schon begonnen.
Nach kurzer Zeit wachte er auf, weil unter ihm der Boden einzustürzen schien. Sein Bett zitterte, etwas knallte und krachte, die Tür sprang auf und schlug donnernd wieder zu.
Er begriff überhaupt nichts.
Ein einzelner Ruf ertönte auf dem Flur: Nachtruhe!
Bald schlief er wieder ein.

Er wurde wach von dem gleichen Lärm, der lauter und lauter wurde, bis er unmittelbar neben ihm endete. Ein harter Aufprall erfolgte, wovon auch immer, die Tür wurde aufgerissen, ein Stahlhelm flog ins Zimmer, jemand stürzte ihm nach und trat im Herausgehen wuchtig gegen das Bett. Auf dem Flur ertönte eine Art Indianergeheul.
Kian zog sich an. Er schob seinen Sack mit den Uniformen und dem Marschgepäck vor die Tür. Draußen schrien mehrere Leute durcheinander. Plötzlich war es ruhig. Er stellte sich ans Fenster. Was Vernünftiges denken konnte er nicht.
Am nächsten Morgen entschuldigte sich der diensthabende Unteroffizier bei ihm. Es sei in der Nacht wohl ein wenig laut gewesen. Soldaten des dritten Diensthalbjahres hätten sich mit der E-Kugel ausgetobt, das käme hin und wieder vor und hätte nichts zu bedeuten.
Es hatte sehr wohl etwas zu bedeuten. Kian entsann sich der Belehrungen über Soldatenrituale. Die neuen Entlassungskandidaten hatten ihn angegriffen. Wenn das üblich war, konnte er sich auf einiges gefasst machen. In der Truppe ging es eindeutig härter zu als an der Unteroffiziersschule.
Die E-Kugel war aus Eisen, mehrere Kilo schwer, und das E stand für Entlassung.

Der Kompaniechef erteilte ihm erst einmal Urlaub. Den hatte er auch dringend nötig. Der Empfang in der neuen Dienststelle war nicht gerade ermutigend.
Die meiste Zeit schloss er sich zu Hause in seinem Zimmer ein.
Er las die Geschichte von einer Frau, die gestohlen hatte, weil ihr Mann ihr zu wenig Haushaltsgeld gab. Erst im

Gefängnis wurde ihr bewusst, was sie sich alles von ihm gefallen lassen hatte. Er war dreißig Jahre älter als sie und sie hatte früher bei ihm als Dienstmädchen gearbeitet. Sogar mit ihren Geschwistern durfte sie sich nicht treffen, das hatte er ihr verboten. Sie wollte gar nicht entlassen werden, im Gefängnis durfte sie eine Brigade leiten und das verlieh ihr Selbstbewusstsein.
Für einen Krimi war das eigentlich kein geeigneter Stoff. Man wusste von vorneherein, dass die Frau klaute. Und es waren immer nur geringe Beträge, die sie aus Portemonnaies entwendet hatte, beim Einkaufen, wenn andere Frauen Kleider anprobierten und auf ihre Handtaschen nicht achteten. Das Gericht hatte ihr negativ angerechnet, dass sie den Frauen ihre Hilfe anbot, um sie von ihren Handtaschen wegzulocken, womit eine besondere Hinterhältigkeit ihrer Absichten zu verzeichnen war. Die Bewusstheit des Vorsatzes machte diesen desto schlimmer.
Kian überlegte, ob seine Mutter zu solchen Taten fähig wäre. Eigenes Geld hatte sie ja und genug Selbstbewusstsein wahrscheinlich auch, aber trotzdem fühlte sie sich unterdrückt. Neuerdings fuhr sie mit dem Fahrrad über die Dörfer und übernachtete bei fremden Leuten, als ob sie kein Zuhause hätte. Den Leuten erzählte sie, dass sie sich verfahren hätte. Offenbar vertrug sie die Trennung von seinem Vater viel schwerer als er, obwohl sie weiter miteinander redeten. Wirklich konsequent waren sie beide nicht.

Nach dem Urlaub sollte er zusammen mit zwei anderen Unteroffizieren die Grundausbildung der neuen Soldaten leiten.

Zwei Tage blieben ihm, um sich mit der Dienststelle vertraut zu machen.
Die Anlage war angeblich von Göring erbaut worden, jedenfalls machte sie einen herrschaftlichen Eindruck. Die meisten Häuser standen schattig unter Bäumen. Sogar eine Schwimmhalle und ein Kino gab es.
Er brauchte sich nur mit zwei Unteroffizieren das Zimmer teilen, während die Soldaten zu fünft oder zu sechst auf einer Stube schliefen. Ausgang und Urlaub hatte er auch häufiger als sie. Manche Soldaten mussten ohne Unterbrechung mehrere Monate in der Kaserne bleiben, schon aus Personalmangel.
Den älteren Soldaten konnte er nichts mehr vormachen. Sie hätten ein *Achtung!* geben müssen, wenn er ihr Zimmer betrat, aber niemand stand auf und niemand erstattete ihm Meldung. Sie hatten sich untereinander verschworen, das merkte er gleich. Die Leute latschten an ihm vorbei, ohne ihn auch nur zu beachten. Das hatte er an der Unteroffiziersschule anders gelernt.
Autorität entstand nicht von allein, das war ihm klar.
So wartete er auf die neuen Soldaten, die Frischlinge. Als sie in die Kaserne einrückten, konnte er sehen, wie ihm die ersten Tage zumute gewesen war. Spätestens, nachdem der Friseur sie bearbeitet hatte, hingen sie an seinen Lippen. Glücklicherweise wohnten sie von den älteren Soldaten getrennt, so dass es zu keiner falschen Beeinflussung kommen konnte.
- Es liegt ganz an Ihnen, erklärte der Zugführer, wie Sie sich die Soldaten erziehen. Je strenger Sie jetzt auftreten, desto leichter haben Sie es später.
Das waren offene Worte vom Leutnant. Er ließe ihnen freie Hand, sollte das wohl heißen.

Ein Zuckerschlecken würde es dennoch nicht werden, dreißig erwachsene Männer zu kommandieren. Familienväter waren darunter und Leute mit Meisterabschluss und er war noch nicht einmal neunzehn. Aber die Soldaten sollten sein Alter ruhig erfahren.
Einer heulte gleich am ersten Tag. Auf Nachfragen kam heraus, dass ausgerechnet der Tag der Einberufung sein erster Hochzeitstag war. Und von den Pfiffen und Schreien verwirrt, heulte er nun. So durfte sich Kian als Tröster betätigen.
- Nun hören Sie mal auf, wenn Ihre Kollegen das sehen.
Die standen sowieso dabei. Und sie mussten wie er ein Schmunzeln unterdrücken. Was gab sich der arme Kerl auch solch eine Blöße.
- Wir gratulieren Ihnen jetzt alle und dann vergessen Sie Ihre Hochzeit. Also, herzlichen Glückwunsch.
Brav bedankte sich der Soldat. Unter seiner Brille wischte er sich die Tränen ab. Kian fand, dass er die erste Bewährungsprobe bestanden hatte.

Mit Gutmütigkeit war allerdings nicht jedes Problem zu meistern. Er konnte sich kaum vor die dreißig Leute hinstellen und sie um die Ausführung eines Befehls bitten.
Liebe Genossen, machen Sie jetzt bitte eine Kehrtwendung. Heben Sie bitte die linke Fußspitze und den rechten Hacken.
So ging das nicht.
Die Leute mussten verstehen, wo sie sich befanden. Einige glaubten wohl, bei der Armee würde über jedes Problem diskutiert werden. Sonst hätten sie nicht durcheinander geredet, bei jedem Antreten und selbst beim Marschieren. Irgendwann reichte es ihm.

Er trat vor die Truppe und brüllte ein *Achtung!*. Er brüllte tatsächlich.
Augenblicklich war es still. Er wunderte sich selbst über die Lautstärke seiner Stimme.
Trotzdem standen die Soldaten immer noch nicht korrekt in der Grundstellung. Die musste er ihnen erst vormachen.
Dann hielt er eine Ansprache.
- Wir sind hier beim Militär. Das heißt: Sie haben nur zu reden, wenn Sie dazu aufgefordert werden. Kommentare überlassen Sie mir. Wenn Sie eine Frage haben, dann fragen Sie, aber so, wie es vorgeschrieben ist.
Er schritt die Reihe ab. Auch hinter seinem Rücken hatten die Soldaten nicht zu quatschen. Am Ende der Reihe drehte er sich um.
- Und wie haben Sie zu fragen?
Er wartete.
Niemand sagte etwas.
- Genosse Unteroffizier, gestatten Sie eine Frage. Verstanden?
Ein Gemurmel war die Antwort.
- Das heißt: Jawohl, Genosse Unteroffizier!
- Jawohl, Genosse Unteroffizier!
- Lauter!
- Jawohl, Genosse Unteroffizier!
- Noch lauter!
- Jawohl, Genosse Unteroffizier!
Endlich ertönte ein Chor.
- Ich wiederhole: Wer eine Frage hat, fragt wie?
- Genosse Unteroffizier, gestatten Sie eine Frage.
Der Chor ließ schon wieder nach.
- Noch einmal, auf mein Kommando!

- Genosse Unteroffizier, gestatten Sie eine Frage.
- Sehr gut. Wirklich sehr gut.
Er war tatsächlich zufrieden. So einfach war es, die Leute in den Griff zu bekommen. Er musste nur mit dem Einmaleins beginnen. Die Soldaten brauchten nur auf ihn zu hören. Alles andere war seine Aufgabe.

Sein Kollege hatte die Übung beobachtet. Er leitete ebenfalls zum ersten Mal eine Grundausbildung und wunderte sich, wie streng Kian zu den Soldaten sein konnte. Aber einer musste durchgreifen, das meinte er auch.
Kian besaß die lauteste Stimme von seinen Kollegen, wie sich jetzt herausstellte. Und seine Kollegen waren froh, dass er die Initiative ergriff. Sie mussten ihren Ton noch finden.
Er hatte nichts dagegen, dass sie Pause machten. Die Aufgabe, die anstand, das Falten der Zeltplanen, konnte er mit den Soldaten allein üben. Er wurde mit der Truppe schon fertig.
Sein Zugführer war zufrieden mit ihm. Er hatte sich gleich einen guten Stand bei ihm erarbeitet.
Plötzlich klappten die Kommandos und niemand redete mehr dazwischen. Er ließ jeden Handgriff wiederholen. Zeltplane ausbreiten, Zeltplane falten, Zeltbesteck einrollen. Und noch einmal von vorn.
Neue Soldaten mussten eine Menge üben. Er durfte nicht zu viel auf einmal erklären. Das überforderte die Leute. Einige begriffen vielleicht sofort, was verlangt wurde, aber entscheidend war das Verhalten der Gruppe. Im Krieg nützte es auch nichts, wenn drei Leute die gegnerische Stellung erreichten, der Rest aber unterwegs von Granaten zerfetzt würde. Einheitlichkeit war das oberste

Ziel militärischen Handelns. Das war ein Lehrsatz, den jeder sich merken konnte. So stumpfsinnig manche Übungen wirkten, sie hatten doch ihren Sinn. Nur das Kleinklein schaffte Disziplin und Zusammenhalt. Und nicht jeder Soldat konnte gesondert beschäftigt werden.
Er staunte, was er während seiner Ausbildung alles gelernt hatte, obwohl er selbst niemals kommandiert hatte.

Weiterhin war es günstig, nicht nur herumzubrüllen. Die erreichte Wirkung war dann oft größer. Wenn ein Soldat erwartete, angebrüllt zu werden, und er darauf verzichtete, so spürte er regelrecht dessen dankbare Blicke. Und das ging ihm nahe. So viel Menschlichkeit hatte er vorher noch nie erlebt. Er musste streng und gleichzeitig persönlich sein, das war offenbar die beste Erziehungsmethode. Außerdem schaffte eine leise Stimme eine Art Vertrauen. Vertrauen entstand, nachdem die Verhältnisse geklärt waren.
Hart waren diese Einsichten möglicherweise. Aber ein wenig musste jeder seine Empfindlichkeit zurückstecken.
Dafür munterte er ungeschickte Soldaten auch auf, beim Frühsport zum Beispiel. Manche schienen noch nie in ihrem Leben gelaufen zu sein. Die schnauften wie Asthmatiker.
Er lief neben diesen Leuten her und trieb sie zur Eile an. Sie sollten sehen, dass man laufen und zugleich reden konnte.
Und es war ein Erfolg für sie, wenn sie durchhielten. Durch Erfolge hatte er weniger Arbeit.

Schon beim Aufstehen freute sich Kian auf seinen Dienst. Für die Soldaten musste er munter wirken, wenn er Punkt sechs in die Trillerpfeife blies. Gedanken konnte er nicht lesen, doch den Gesichtern war auch so anzusehen, was die meisten über ihn dachten.
In der grauen Masse fielen einzelne langsam auf.
Soldat Tsciscang war so einer. Angesichts seines Namens hätte er sich am besten ruhig verhalten, gerade in den ersten Tagen, als einem die Namen noch nicht geläufig waren.
Aber dieser Mensch strahlte nichts als Protest aus. Bei der kleinsten Ermahnung errötete er, aus Empörung wahrscheinlich, dass er überhaupt angesprochen wurde.
Er hatte ihn beiseite genommen und gefragt, ob er sich das Leben hier erschweren wolle. Das war ganz ihm überlassen.
Soldat Tsciscang hatte irgendwas vor sich hingemurmelt, aber eine klare Antwort gab er nicht. Er wollte wohl nicht verstehen, dass gewisse Regeln auch für ihn galten.
Es war ihm leicht zu beweisen. Er durfte seinen Schrank neu einräumen, schon aus Prinzip. Dann durfte er den Flur keulen, dann dreißig Liegestütze vorführen, dann den Flur noch einmal keulen, dann die Spiegel im Waschraum putzen.
Am nächsten Abend durfte er sich mit der Toilette beschäftigen. Im Klobecken waren immer Urinspuren zu finden, die schön mit der Bürste zu bearbeiten waren.

Wegzubekommen waren die gelben Flecken zwar nicht, aber ein Ergebnis wollte er schon sehen. Notfalls stellte er sich neben den scheuernden Soldaten, um dessen Bemühungen zu begutachten.
Und wenn er dazu keine Lust hatte, blieb er vor der Tür und rief ihm hin und wieder zu:
- Ich höre Sie gar nicht! Ein bisschen lauter bitte! Ich möchte Sie scheuern hören!, egal, ob der nun seine Bürste schwang oder nicht.
Vielleicht überlegte sich der Chinese in Zukunft, ob er jeden Abend in den Klobecken herumbürsten wollte.

Völlig anders gelagert war das Problem bei zwei Nazis. Als solche hatten sich die beiden ziemlich früh entpuppt. Nach ungefähr einer Woche fielen sie durch Äußerungen auf, die ihnen schnell den Spitznamen *unsere Nazis* einbrachten. Unser Nazi 1 und unser Nazi 2, so wurden sie unterschieden.
In der Befehlsausführung war denen nichts vorzuwerfen. Der eine stellte beim Gewichtestemmen sogar den Kompanierekord ein.
Begonnen hatte alles in einer Rauchpause.
- Wenn wir schon diese Uniformen tragen, hatte unser Nazi 1 gesagt, dann können wir uns auch mit *Heil!* grüßen.
Unser Nazi 2 hatte sofort zugestimmt.
Die Uniformen waren denen der Wehrmacht sehr ähnlich. Wahrscheinlich waren sie nach fünfundvierzig nur leicht gefärbt worden, wohl weil es an Stoff für neue Uniformen gemangelt hatte.
Das war aber noch lange kein Grund, so zu reden. Jeder wusste, wie verschieden die Armeen waren.

Für ihn war es schon wegen seines Vaters klar, solche Bemerkungen nicht hinzunehmen.
Zunächst herrschte Schweigen. Die meisten Soldaten blickten verlegen in der Gegend herum.
Nur einer, ein Parteimitglied, antwortete:
- Du weißt wohl nicht, was du sagst?
- Das weiß ich, sagte unser Nazi 1.
- Dann sind dir die Unterschiede nicht klar.
- Mir ist einiges klar.
- So, was denn?
- Was hier gespielt wird.
Jetzt reichte es Kian. Das wurde ja immer schöner. Man konnte ja Angst bekommen bei solchen Einstellungen.
Er befahl unserem Nazi 1:
- Sie melden sich beim Zugführer! Sofort! Und dort wiederholen Sie Ihre Äußerungen! Wegtreten!
Das war die einfachste Lösung. So einer infizierte sonst noch die ganze Truppe mit diesem Bazillus. In der Mittagspause wollte er mit dem Zugführer Maßnahmen besprechen, wie dem zu begegnen wäre.
Die Mehrheit war sicherlich nicht auf Seiten der Nazis. Die Mehrheit wusste er hinter sich, als er unseren Nazi 1 abgestraft hatte. Es war ohnehin erstaunlich, dass jemand sich so offen äußerte. Ungefährlich war das schließlich nicht.

Unser Nazi 1 wurde vom Leutnant gleich zum Politoffizier geschickt. Solch ein Fall musste dort untersucht werden, wo er hingehörte.
Vor dem Politoffizier verharmloste unser Nazi 1 offenbar seine Meinung. Er habe lediglich auf die Ähnlichkeit der Uniformen beider Armeen hinweisen wollen.

Um eine längere Aussprache mit dem Politoffizier kam er trotzdem nicht umhin. Und seinen Ruf hatte er auch weg, da konnte er sich herausreden wie er wollte, ebenso wie unser Nazi 2.
Und dass sich die beiden negativ bemerkbar gemacht hatten, sollten sie bereuen, dieses Versprechen gab er sich.
Schneller als gedacht kam die Gelegenheit, bei der Überprüfung der Gasmasken.
Wirklich dicht waren die Gasmasken anfangs bei niemandem. Entweder die Luftfilter waren undicht oder die Maske saß an den Schläfen zu locker und dort strömte das Gas hinein. Seine Aufgabe war es, den Sitz der Masken zu überprüfen, bevor die Soldaten in den Schutzraum mussten.
Bei unserem Nazi 1 und unserem Nazi 2 befestigte er die Schutzmasken nicht, er lockerte sie. Das konnten die kaum unterscheiden, weil Erfahrung dazu gehörte, die Maske dem Gesicht anzupassen.
Dann schickte er die beiden als erste in den Schutzraum, das hatte er mit dem Chemieoffizier so abgesprochen. Und die Tür hielt er länger geschlossen, als es nötig war. Es widersprach zwar der Vorschrift, dass Soldaten allein im Schutzraum blieben, aber wen kümmerte das. Als Versuchskaninchen waren die beiden genau die Richtigen.
Als sie herauskamen, hatte er sein Ziel erreicht. Die strammen Liebhaber der glorreichen Zeit beugten sich heftig gen Boden.
Das war keine Motivation für den Rest der Soldaten, doch beim zweiten Mal ging er selbst mit in den Schutzraum, nachdem er nun mit größerer Sorgfalt bei jedem Einzelnen den Sitz der Masken noch einmal überprüft hatte.

Die beiden Nazis durften sich draußen in Ruhe auskotzen.

Wie geschickt oder ungeschickt sich jemand anstellte, war auch eine Frage des Charakters. Wer Schwierigkeiten auswich, war garantiert auch im Zivilleben kein Held der Arbeit. Behaupten konnte jeder, in seinem Beruf, da würde er Außerordentliches leisten, nur hier, bei der Armee, fehle ihm die passende Einstellung. Wer sich bewähren wollte, konnte das überall.
Manche begriffen nach einer Woche noch nicht, wie sie sich zu melden hatten. Er konnte hundertmal erzählen, eine Meldung besteht aus folgenden Elementen, Verstanden, Genosse Soldat?, Jawohl, Genosse Unteroffizier!, bei nächster Gelegenheit plapperten manche wieder drauflos. Wie kleinen Kindern musste er den Leuten das Sprechen beibringen. Dabei waren die Anforderungen nicht zu hoch.
Zum Stubendurchgang die Stiefel geputzt zu haben, die Kragenbinden sauber zu halten, die Unterwäschepäckchen mit eingelegter Zeitung gefaltet zu haben, das war das Mindeste, was er verlangen durfte.
Und man musste kein besonders kluger Kopf sein, um zu begreifen, dass zum Stiefelputz auch die Stiefelabsätze gehörten. Und mehr als drei leere Flaschen gehörten nun einmal nicht in den Schrank. Und der Stahlhelm hatte nach vorn ausgerichtet auf der Schutzmaskentasche zu liegen. Und der Henkel der Schutzmaskentasche war um die Tasche herumzulegen. Und das Wertfach war abzuschließen. Und mit Zeitmangel brauchte sich ihm gegenüber niemand rauszureden.
Das wusste er selbst ziemlich gut, wie man seine Zeit nut-

zen konnte. Aber bei Versäumnissen erwies sich eben, ob jemand sich zu seinen Fehlern bekannte.

Manchmal begnügte er sich mit einem Kopfnicken und dem Befehl *Putzen!*, wenn etwa ein Stiefelabsatz vor Schmutz strotzte, manchmal übersah er lässig den Schmutz, vielleicht mit der Bemerkung:
- Nun, wie haben Sie den Tag erlebt? Irgendwelche Beschwerden?
Seine Lieblingsschüler kannten ihre Stiefelsohlen ziemlich genau. Wer unbedingt Stress haben wollte, konnte ihn haben. Und wer seinen Schlaf nicht brauchte, durfte ihn anderweitig nutzen.
Er war gern bereit, die vielen Tricks zu zeigen, mit denen man Ordnung hielt. Das leidige Thema des Bettenbaus war nur mit Tricks zu bewältigen. Genauso das der Unterwäsche.
Scharfe Kanten und die vorgeschriebene Breite wollte er sehen. Und keine Falten. Und rechts neben der Unterwäsche hatten die Kragenbinden zu liegen. Und Nahrungsmittel hatten im Schrank nichts zu suchen. Das Essen war reichlich, niemand sollte sich darüber beklagen.
Die Soldaten sollten das Gefühl haben, dass er jederzeit alle Mängel entdecken könnte. Seine Arbeit wurde schließlich auch kontrolliert, vom Zugführer und manchmal vom Kompaniechef.
Ganz ernst konnte er die Kontrollen dennoch nicht immer durchführen. Schließlich war es ja albern, von Erwachsenen zu verlangen, dass sie ihre Unterwäsche behandelten wie Weihnachtspäckchen. Und die Stiefelsohlen konnten eigentlich staubig sein, sonst dürfte man die Stiefel gar nicht erst tragen.

Außerdem war es schöner, mit den Soldaten auf einer vertrauensvollen Basis zusammenzuarbeiten. Wenn sie einsahen, dass sie bestimmten Anforderungen zu genügen hatten, musste er nicht ständig hinter jedem Mangel hinterherhetzen. Der mündige Soldat machte die geringsten Schwierigkeiten.
Er konnte durchaus mal auf eine korrekte Meldung verzichten. Der Text war wohlbekannt und er hörte ihn Abend für Abend siebenmal.
Genosse Unteroffizier, ich melde: Stube mit fünf Soldaten belegt, fünf Soldaten anwesend. Stube gereinigt und gelüftet, Stube zum Stubendurchgang bereit! Es meldet Soldat Hutschenreuter!
Bloße Routine war anstrengend, für ihn wie für die Soldaten, und wenn er keine Lust hatte auf das militärische Gefaxe, sollten sie es auch einmal gut haben. Er hob gern ihre Stimmung.
Viel war dazu nicht nötig. Wenn er sich mit den Soldaten an einen Tisch setzte und unterhielt, und zwar während des Stubendurchganges, wo er doch verpflichtet war, besonders streng aufzutreten, so war das eine kleine Show, die er ihnen lieferte. Er kontrollierte dann im Sitzen die Schränke, ließ sich das eine oder andere Paar Stiefel zeigen, ermahnte den einen oder anderen, aber das war es dann auch.

Die Soldaten erzählten ihm bald sogar private Geschichten. Man vergaß ja sehr schnell, dass sie vor wenigen Tagen noch ein Privatleben gehabt hatten.
Manche waren aus ihrem Dorf offenbar nie herausgekommen. Einer war Koch im feinsten Hotel der Hauptstadt gewesen. Ein anderer war zur See gefahren und der

konnte gar nicht verstehen, dass er nicht zur Marine eingezogen worden war. Ein dritter hatte als Schäfer gearbeitet. Der Schäfer verstand sich aufs Hypnotisieren und das führte er auch vor. Ein anderer war vernarrt in das englische Königshaus, der kannte von allen Mitgliedern der englischen Königsfamilie über einige Jahrhunderte hinweg die Geburts- und Sterbedaten, wofür auch immer das nützlich war.

Bei dem Koch war zu befürchten, er könnte jeden Moment vor lauter Anstrengung einfach ohnmächtig werden. Dem war jede Bewegung scheinbar zuviel. Die Brille rutschte ihm immer von der Nase herunter, so dass er ständig den Kopf reckte, um überhaupt etwas zu sehen.

Allen Ernstes konnte er dem wegen gar nichts böse sein. Dass er rumlief wie Hans-guck-in-die-Luft, war nicht sein Verschulden. Außerdem, als Koch bräuchte er die Suppenschüsseln kaum verteidigen, weshalb sollte er also unbedingt Handgranaten werfen können.

Und mit den Köchen sollte man als Unteroffizier sowieso behutsam umgehen. Mit einigen verstand er sich während der Grundausbildung so ausgezeichnet, dass sie ihm später sogar Essen auf die Stube brachten, Generalsessen, Sonderportion.

Von den älteren Unteroffizieren sollte Kian sich Ratschläge geben lassen. Doch übermäßige Lust hatten sie nicht mehr, sich um die Vorgänge in der Kompanie zu kümmern.

Strengte er sich an bei der Ausbildung, prophezeiten sie ihm, dass er seinen Eifer eines Tages bereuen und bestimmte Zusammenhänge noch durchschauen würde.

Das klang sehr verschwörerisch. Wenn sie so redeten, mussten sie einige Enttäuschungen erlebt haben. Offenbar waren drei Jahre doch eine lange Zeit.

Als altgediente Kapos hatten sie vor allem Ruhe nötig. Dabei strahlten sie eine Wichtigkeit aus, als würde ohne sie das gesamte Kompanieleben zusammenbrechen.

Der Gruppenführer der Feuerwehr ließ jeden Tag die Schläuche immer wieder neu auf die Trommeln rollen, angeblich, damit sie nicht überlagerten. Kein Vorgesetzter sagte etwas dazu. Die Soldaten hatten die Arbeit zu tun und der Gruppenführer überwachte ihre Disziplin. Er hatte sich so an seine Bequemlichkeit gewöhnt, dass er sich für fünfundzwanzig Jahre beim Zoll verpflichtet hatte. Stolz erzählte er, dass er in seiner kommenden Tätigkeit kein Sturmgepäck mehr zu tragen bräuchte.

Ein anderer Unteroffizier redete fast nur von seiner Freundin. Ein ganzes Jahr hätte er sich um sie bemüht, immer wieder hätte sie ihn abgewiesen, immer wieder sei er zu ihr hingegangen, bis sie schließlich nachgegeben hätte. Ins Bett ließ sie ihn dennoch nicht, sie wolle ihn erst prüfen, hatte sie gesagt. Er behauptete, dies sei der Beweis, dass sie es ernst meine.

Ein weiterer Unteroffizier, der erst die Hälfte seiner Dienstzeit hinter sich hatte, sammelte Konservendosen. In die Konservendosen bohrte er Löcher und in die Löcher klebte er Glasperlen. Das sollten Raumschiffe sein. Abends schaltete er das Licht auf der Stube aus, um mit ihnen zu spielen. Er legte eine Taschenlampe in eine Konservendose, so dass die Glasperlen leuchteten, und lief mit erhobenem Arm, eine Dose in der Hand, durch die dunkle Stube.
Dazu stieß er Rufe aus wie:
- Antenne ausfahren! Funken! Hallo Erde! Wir kommen! usw.
Sogar der Kompaniechef wusste von diesem Spiel und sein Kommentar lautete lediglich:
- Solange er seinen Dienst ordentlich versieht, habe ich nichts dagegen.
Das tat er allerdings. Dienstvorschriften schien er zu lieben.
Er brachte es fertig, einen Soldaten, der in Urlaub fahren wollte und sich bei ihm als Diensthabenden abmelden musste, wegen einer schwachen Bügelfalte so lange aufzuhalten, bis der Soldat den Zug verpasste. Dabei war es kaum möglich, die schweren Filzhosen tatsächlich steif zu bügeln, obwohl es vorgeschrieben war. Man konnte die Bügelfalte innen zwar mit Seife stärken, aber wirklich steif wurde die Hose dennoch nicht. Wer wollte, konnte als Vorgesetzter die Bügelfalte immer bemängeln.
Einmal hatte der Unteroffizier einen Soldaten nicht in den Ausgang gelassen, weil dieser keine fünf Mark bei sich hatte. Laut Dienstvorschrift war jeder Armeeangehörige

verpflichtet, wenigstens fünf Mark mit in den Ausgang zu nehmen. Der Soldat hatte beteuert, dass ihn am Kasernentor seine Frau erwarte und dass sie Geld bei sich hätte, aber der Unteroffizier hatte die Begründung nicht akzeptiert. Die Kompanie war ausgerückt zum Gefechtstraining, so dass sich der Soldat auch bei niemandem Geld borgen konnte. Erst am späten Abend bot der Unteroffizier ihm an, ihm das Geld selbst zu leihen. In seiner Verzweiflung nahm der dieses Angebot an. Noch Wochen später wurde unter den Soldaten diskutiert, wie sie sich in solch einem Fall verhalten hätten.
Einen schweren Stand hatte dieser Unteroffizier bei den Wachkompanien. Er beobachtete die Wachablösungen von seinem Zimmer aus mit dem Fernglas und meldete Unstimmigkeiten dem diensthabenden Offizier. Offiziell hatten ihn die Wachablösungen überhaupt nicht zu interessieren. Manche Offiziere nahmen seine Informationen aber dankbar entgegen.
Der Nachteil dieser Beobachtungen war, dass der Unteroffizier fast nie in den Ausgang gehen konnte, weil die Wachsoldaten wiederum das Recht hatten, jeden, der das Objekt verlassen wollte, in der gleichen Weise zu kontrollieren, wie dies schon in der Kaserne geschah. Und natürlich trug der Unteroffizier nach Ansicht der Wachhabenden niemals eine korrekt gebügelte Hose. Der Unteroffizier schien sich sogar zu freuen, vom Kasernentor zurückgeschickt zu werden. Er konnte eigentlich nur in Begleitung eines Offiziers unbehelligt in den Ausgang gelangen.

Nach Meinung der Soldaten waren Unteroffiziere am ehesten gefährdet, einem Kasernenkoller zu unterliegen.
Als Unteroffizier trug man Verantwortung und wer Ver-

antwortung trug, konnte auch leicht bestraft werden. Einerseits sollte man Vorbild sein, andererseits sich unterordnen wie ein Soldat, zum Essen marschieren und beim Frühsport mitlaufen.
Vielleicht hatte der Unteroffizier der Köche solche Herabsetzungen nicht vertragen.
Er hatte während einer Übung seine Uniformjacke in der Gulaschkanone gewaschen. Die Kompanie war angetreten zum Essenempfang, er hatte bedächtig in der Suppe gerührt und schließlich seine Jacke aus dem heißen Kessel gezogen. Sofort wurde er seines Postens enthoben.
Es war nicht das erste Mal, dass er sich auffällig verhalten hatte.
Einmal hatte er die Bausoldaten, die aus religiösen Gründen nicht mit der Waffe dienten und die deshalb nur zu Garten- und Schanzarbeiten eingesetzt werden durften, über den Sportplatz gejagt, jeden mit einer Holz-Mpi in den Händen, wegen unaufgeräumter Stuben. Sieben-Tages-Adventisten und strenge Katholiken waren unter den Bausoldaten, die regelmäßig in die Kirche gingen und dafür auch regelmäßig Ausgang bekamen. Wie rohe Eier sollte man sie anfassen, weil sie sich wegen allem beschwerten, und zwar gleich beim Militärstaatsanwalt, was sich so schnell kein anderer Soldat getraut hätte. Aber sie kannten sich aus bei Beschwerdemöglichkeiten, darin wurden sie von der Kirche geschult.
Der Unteroffizier hatte sich um diese Umstände nicht gekümmert.
Nach der Hatz über den Sportplatz hatte er den schnellsten Läufer auf ein Siegerpodest steigen lassen und ihn symbolisch mit einer goldenen Mpi ausgezeichnet, indem er ihm eine zweite Holz-Mpi überreicht hatte.

Die Bausoldaten hatten zunächst alle Befehle ausgeführt, Befehlsverweigerung war schließlich strafbar. Danach bekam der Militärstaatsanwalt einiges zu tun.
Der Unteroffizier war in seiner Kindheit aus Polen übergesiedelt und man vermutete, dass er Probleme hätte, die deutsche Mentalität anzunehmen. Und er würde nach seiner Entlassung die polnische Staatsbürgerschaft annehmen und war daher vor drastischen Strafen geschützt. Der Fall blieb insgesamt aber undurchsichtig.
Als Wachhabender hatte der Unteroffizier mit seiner Pistole auf leere Flaschen geschossen und jede Flasche wie einen Offizier angeredet, mit Namen und Dienstgrad.
Andere wären dafür ganz sicher einige Monate in den Armeeknast abgeschoben worden. Der Vorfall ereignete sich jedoch, als seine vorzeitige Entlassung bereits verfügt worden war, so dass man deshalb von einer Bestrafung absah.

Genug Beispiele waren somit vorhanden, die denen recht gaben, die sagten, drei Jahre würde niemand ohne bleibende Schäden überstehen.
Er fand es dennoch albern. Das bisschen Disziplin fiel ihm nicht schwer. Und er hatte eine Aufgabe, die ihn ausfüllte.
Die meisten Unteroffiziere waren wahrscheinlich enttäuscht, weil sie zu hohe Erwartungen gehabt hatten. Irgendein Gerechtigkeitsanspruch spielte da immer mit. Wahrscheinlich hatten sie den Versprechungen geglaubt, die bei den Werbungsgesprächen gemacht wurden.
Und wenn das Erhoffte sich nicht einstellte, wurden Verschwörungstheorien erfunden. Dann waren Unbekannte

schuld, deren Namen keiner nannte. Oder die Vorgesetzten hatten sich verschworen, bloß weil sie nicht jeden Befehl begründeten. Kränkungsbereit war im Grunde jeder. Was sie mir angetan haben, das wird von nichts übertroffen. Damit rechtfertigte jeder den Verrat seiner eigenen, künstlichen Ideale.
Viele Verdächtigungen entstanden zudem aus Langeweile. Wenn nichts passierte, musste man irgendwas erfinden, das passierte. Und erfunden wurden immer Nachteile. Eine positive Lüge befriedigte niemanden. Nur das Unglück zählte. In der Endabrechnung stand das Unglück an einem sonnigen Platz. Zuerst das eigene Unglück, dann das der anderen.
Aber zugeben wollte das keiner. Es klang viel zu böse, als dass es zugegeben werden könnte. Das Böse wollte gut sein, das war das ganze Geheimnis.

Er hatte sich alles viel schlechter vorgestellt, als es jetzt war. Hätte man ihm vorher gesagt, was sich erwachsene Männer alles gefallen ließen, dass jemand das Klo scheuerte, weil ein anderer das sagte, er hätte es nicht geglaubt. Er hätte gedacht, dass es deswegen zu einer Prügelei kommen würde. Aber es kam zu keiner Prügelei, nur zu bösen Blicken. Und die bösen Blicke freuten wieder andere, die das Klo nicht scheuern mussten. Das war ein ständiges Bäumchen-wechsle-dich-Spiel.
Nur Gedanken machten frei, so hieß es schon im Volkslied.
Er wollte jedenfalls nicht zu denen gehören, die ihre Jacke im Suppenkessel wuschen oder Raumschiffe bastelten.
Körperlich fühlte er sich stark genug, die drei Jahre zu überstehen. Auf dem Abschlussmarsch zur Grundausbil-

dung trug er das Gepäck einiger Soldaten und einige Mpi, und das nach vierzig Kilometern, während manche Soldaten auf dem Zahnfleisch in die Kaserne krochen. Und anschließend ging er noch Fußball spielen.
Nur an seinen Onkel durfte er nicht denken und schon gar nicht sich mit ihm vergleichen. Er wusste auch viel zu wenig darüber, ob solche Krankheiten familiär bedingt waren. Die Ärzte hatten seiner Mutter versichert, dass es nicht so wäre. Dafür traten diese Krankheiten zu selten auf.
Aber so bestimmt, wie er hier mit den Soldaten sprach, hätte sein Onkel das nicht gekonnt, auch bei voller Gesundheit nicht.
Er konnte sich hier entwickeln und aus sich herausgehen. In der Schulzeit hatte er schon einmal eine Phase gehabt, in der er Anführer der Jungs gewesen war, mit all den Prügeleien, die dazu gehörten, und in solch einer Phase befand er sich jetzt eigentlich wieder.

Nach Feierabend unterhielt sich Kian mit den anderen Unteroffizieren über die neuen Erlebnisse.
- Was ist eigentlich Charakter?, das war eine Frage, die sie sich stellten. Wird der Charakter eher von der Mutter oder eher vom Vater geerbt? Und woraus setzt sich der Charakter eigentlich zusammen?
An den Soldaten war zu sehen, wie verschieden die Menschen waren. Und irgendworan musste das liegen.
Fehler hatten alle. Bei der Armee erwies sich erst, wie charakterfest jemand war, ob er Einflüssen ausgesetzt war oder ob er sie selber ausübte. Schwächen traten hier deutlich hervor. Man war einfach viel zu oft mit anderen zusammen, als dass man seine Schwächen hätte verbergen

können. Kritik brauchte gar nicht geäußert zu werden, sie stand ohnehin im Raum. Jeder war durch seine Mitgenossen einer Überprüfung ausgesetzt, ob man das wollte oder nicht.

- Kann man seine Zeit bestimmen?, das war eine weitere wichtige Frage.

Jeder war nur ein siebzehnmillionstes Teilchen, davon musste man ausgehen. Und in einem größeren Land wäre jeder nur ein sechzigmillionstes oder ein zweihundertzwanzigmillionstes Teilchen. Je größer das Land, desto kleiner war die Möglichkeit, mitzureden. Wirken konnte man nur in seiner unmittelbaren Umgebung.

- Ist der Mensch aber ein Gewohnheitstier und ändert sich deshalb nie etwas?, das war die nächste Frage.

Der Raketenkonstrukteur meinte, der Mensch bestünde zu neunzig Prozent aus Gewohnheiten.

Kian widersprach. Das wurde zu oft behauptet, als dass es stimmen konnte. Er sah nicht ein, dass er nur aus Gewohnheiten bestehen sollte. Wo sollten die Gewohnheiten herkommen? Von Anfang an können sie nicht dagewesen sein. Und es würde nie etwas Neues entstehen, wenn es so wäre. Zehn Prozent gewohnheitsfreies Verhalten wären dafür zu wenig, die würden glatt verschwinden.

Wenn aber das Neue gar nicht besser wäre als das Alte, wäre es dann nicht günstiger, wenn die Gewohnheiten entscheidend für das Verhalten wären? Sie würden das Schlechte verhindern, obwohl jeder unter ihnen litt.

Das war eine ziemlich verwirrende Frage. Kian musste sie wiederholen, damit sie verstanden wurde. Und der Raketenkonstrukteur verließ bei dieser Gelegenheit das Zimmer.

- Ihr spinnt, sagte er nur.
Das Gespräch wurde ihm offenbar zu hoch.
Aber jeder wollte doch einen Sinn finden und mit solchen Fragen erforschte man den Sinn. Die Fragen waren noch lange nicht ausgeschöpft.
- Begegnet man im Leben jedem Menschen zweimal?, das wurde als nächstes erörtert.
Kian war diese Vorstellung unheimlich. Wie sollten diese doppelten Begegnungen zustande kommen? Und wie lange müsste man sich gekannt haben, um sich wieder zu treffen? Reichte es, sich einmal kurz gesehen zu haben? Würde man sich überhaupt erkennen? Und wenn jemand auswanderte, wie sollte der allen Leuten aus seinem früheren Leben noch einmal begegnen? Und wer würde schon Buch führen, ob die Begegnungen zustande kämen? Behaupten konnte das jeder. Es war nicht nachprüfbar. Es war ein Glaube an eine Überregie, die vom Himmel aus oder von sonstwoher Fäden zog. An Gott glaubten aber nur die Rückständigen.
- Ist der erste Gedanke immer der beste?, das war die vorerst letzte Frage, die zur Diskussion stand.
Der schöne Hagen stellte sie. Kian nannte ihn so. Der schöne Hagen sah aus wie ein Italiener. Sicher liefen ihm die Frauen nach, als würde er Gold verstreuen.
Kian verneinte auch diese Frage. Man bräuchte gar nicht erst zu denken, wenn es so wäre. Man bräuchte immer nur auf den ersten Einfall warten und danach handeln. Das waren seine Argumente.
Der schöne Hagen meinte, man könne soviel denken wie man wolle, entscheidend wäre doch der Instinkt. Der Instinkt wäre etwas Tierisches und deshalb zuverlässiger als ein Gedanke. Der ideale Mensch wäre eine Kombina-

tion aus Mensch und Delphin. Delphine hätten einen hohen Instinkt und klug wären sie auch und zwar ohne denken zu müssen.
Diese Worte lösten ein schönes Gelächter aus. Zu einer Einigung kamen sie nicht. Aber interessante Fragen waren das.

Kians Leistungen während der Grundausbildung waren von seinen Vorgesetzten bemerkt worden.
Der Politoffizier bestellte ihn zu sich. Er sollte zum Sekretär der Kompanie gewählt werden. Der Sekretär war verantwortlich für die Jugendarbeit. Neben den militärischen Leitern war es die höchste Position, die zu vergeben war. Obwohl er kein Parteimitglied sei, vertraue man ihm. Das betonte der Politoffizier.
Und Sekretär sollte ein Unteroffizier werden, damit über eine längere Zeit hinweg Kontinuität in der Jugendarbeit gewährleistet sei. Außerdem hatte er in der Schule schon einmal diese Funktion ausgeübt und das stand in seinen Akten. Damals hatten seine Mitschüler ihn aus Provokation gewählt, um den Lehrern eins auszuwischen, weil bekannt war, dass er politisch gesehen auf der falschen Seite stand. Im letzten Schuljahr konnte man sich solche Späße leisten. Diese Umstände gingen aus seinen Akten nicht hervor.
Der Politoffizier schilderte ihm die neue Aufgabe als äußerst reizvoll.
- Vor allem kulturell müssen wir was auf die Beine stellen, argumentierte er. Alle Jugendfreunde sollten erreicht werden.
Um sich abzusichern, erklärte Kian, dass er der Politik gegenüber ziemlich kritisch eingestellt sei. Niemand sollte sich später beschweren, wenn er mal ein offenes Wort redete.
Gerade diese Einstellung sei ihm sympathisch, antwortete

der Politoffizier. Und nichts anderes hätte er von ihm erwartet.
- Mitläufer brauchen wir nicht. Wer uns nur nach dem Munde redet, bringt uns nicht weiter. Kritik und Selbstkritik sind die tragenden Elemente in unseren Auseinandersetzungen.
Er äußerte den Vorschlag, Kian solle in die Partei eintreten. Das würde seine Verantwortung abrunden.
Darauf hatte er gewartet. Das musste kommen. Er lehnte dankend ab. Dann dürfte er sich zu Hause nicht mehr blicken lassen. Von seiner Funktion als Sekretär müsste er seinem Vater nichts erzählen, aber die Mitgliedschaft in der Partei ließe sich nicht verheimlichen. Die würde ihm ein Leben lang anhängen.
Politisch musste er sich ohnehin betätigen, wie jeder Unteroffizier. Also konnte er gleich den Chef mimen. Das Reden über politische Dinge war immer noch bequemer als Exerziertraining. Und er könnte sich für die Belange der Soldaten einsetzen, wenn dies nötig wäre, und Mißstände kritisieren.

Seine Wahl war reine Formsache. Die Unteroffiziere waren froh, dass er den Giftbecher trank, wie einer formulierte.
Er hielt eine kurze Rede.
Er freue sich, sagte er, auf die neue Arbeit und er hoffe, das in ihn gesetzte Vertrauen rechtfertigen zu können. Er verstehe sich als Sekretär aller Jugendfreunde, unabhängig von Dienstgraden.
In der Aufregung fielen ihm nur Floskeln ein. Hätte sie ein anderer gesagt, hätte er die Stirn verzogen. An sie erinnerte er sich am leichtesten. Schließlich redete er nicht jeden Tag vor hundert Leuten.

Der Kompaniechef gratulierte ihm und lud ihn zu einer Tasse Kaffee ein.
Der schöne Hagen sagte:
- Das war zu erwarten, dass sie dich nehmen. Du kannst reden und du kannst dich durchsetzen.
Wieder diese Meinung über ihn!
Gleich erhielt er auch einen zusätzlichen Urlaub. Die Bereitschaft zur Mitarbeit wurde belohnt.
Er nahm sich vor, für die Soldaten so viele Vergünstigungen wie möglich zu erreichen. Die offiziellen Sachen würden nicht ganz zu vermeiden sein, doch er wollte sie auf ein Minimum beschränken. Politik sollte sich immer praktisch auswirken, wozu war sie sonst das? Und ein Theaterbesuch lenkte vom militärischen Alltag ab. Das war überzeugender als jedes noch so überzeugende politische Argument. Und wen man mit Argumenten nicht erreichte, der war im Theater besser aufgehoben als in der Kneipe.
Er sah sich schon Reden halten über den Nutzen von Kultur. In den Argumentationshilfen, die von der Jugendorganisation herausgegeben wurden, las er: *Ein Kollektiv, das auf dem Gefechtsfeld zusammenwächst, darf in der Freizeit nicht auseinanderfallen, sondern muss hier weiter reifen.*
Die erste Versammlung, die er leitete, eröffnete er deshalb mit einem Gedicht. *Und hatte Cäsar nicht wenigstens einen Koch bei sich,* rezitierte er. Das war ein kleiner Hinweis darauf, jeden zu achten. Als Vorgesetzter vergaß man oft, dass sich nicht alles über Befehle regeln ließ. Daran zu erinnern war bestimmt nicht verkehrt.
Nach der Versammlung kritisierte ihn prompt der Politoffizier. Er meinte, das Gedicht hätte nicht zum Thema der Versammlung gepasst.

Kian antwortete, dieses Gedicht würde zu jedem Thema passen. Schon hatte er sich einen subversiven Ruf zugelegt.
Die Soldaten fanden seinen Auftritt eher peinlich, soweit es ihm zu Ohren kam. Dabei sollten sie froh über jede Minute sein, die sie in einer Versammlung ohne Rotlicht verbringen durften. Beim nächsten Mal verzichtete er aber auf eine lyrische Eröffnung.

Weihnachten fuhr er in seinen dritten Urlaub innerhalb weniger Wochen. Sein Vater wunderte sich darüber.
- Bei uns hat es das nicht gegeben, meckerte er.
Er antwortete gar nicht darauf.
Anläßlich der Festtage hatte der Onkel Urlaub erhalten. Er war nun gänzlich abgestumpft, sprach wenig, musste Tabletten nehmen, schlief lange, schlief sogar beim Essen ein.
Seine Mutter verteidigte ihn wieder: Der Arzt hätte gesagt, er könne gesund werden.
- Dann ist er wohl auf dem besten Wege dahin, antwortete sein Vater.
Zu Weihnachten hatten sich seine Eltern vertragen und so sah das Vertragen aus.
Wie ein Toter saß der Onkel daneben. Sicher war er für den Urlaub ruhiggestellt worden, damit er nicht aus der Klinik plauderte. Was man dort mit den Leuten anstellte, war ja allgemein bekannt. Zwangsjacke und Elektroschocks und diese Geschichten. Ein durcheinander geratener Kopf musste auf irgendeine Weise gesund werden.
Kian überlegte, wie das wohl funktionierte mit den Elektroschocks. Als Kind hatte er einmal gegen einen Elektrozaun gepisst, aber nur kurzzeitig, weil schon diese paar

Volt heftig schmerzten. Und wenn der Arzt mit seinen Marterinstrumenten den ganzen Körper unter Strom setzte und den Patienten Zuckungen durchliefen, war das sicher kaum auszuhalten.
Dass man rundum geheilt wurde nach einer solchen Behandlung, konnte er sich nicht vorstellen.
Er hätte den Onkel am liebsten gefragt. Spuren an den Handgelenken waren keine zu sehen. Vielleicht heilte die Haut wieder oder die Schocks wurden durch die Oberarme geleitet?
Was er sich nicht traute, gestattete sich sein Vater.
- Haben sie dir sehr zugesetzt?, fragte er.
Der Onkel antwortete nicht. Dann begriff er wohl und sagte:
- Ich muss viele Tabletten nehmen.
- Das weiß ich. Aber sonst?
- Sonst geht es mir gut.
Sein Vater kicherte.
Es ging dem Onkel gut. Er war vollgefüttert mit Tabletten und es ging ihm gut.
Beleidigt war er trotzdem. Immerhin merkte er, wenn man über ihn kicherte.
Sein Vater entschuldigte sich.
- Ich wollte nur wissen, ob sie dich schikaniert haben.
- Schikaniert? Nein. Doktor Friedrichs sagt, in meinem Persönlichkeitskuchen stecken verdammt schwierige Stücke.
- In deinem was?
- In meinem Persönlichkeitskuchen.
- Was ist das denn?
- Du hast auch einen Persönlichkeitskuchen.
- Ich habe auch einen Persönlichkeitskuchen?

- Ja.
- Und was ist das?
- Das ist der Kuchen, wie deine Persönlichkeit zusammengestellt ist.
- Wie meine Persönlichkeit zusammengestellt ist?
- Ja.
- Und wie ist deine Persönlichkeit zusammengestellt?
- Darüber soll ich nicht reden.
- Sagt Doktor Friedrichs?
- Ja. Doktor Friedrichs beobachtet mich.

Mehr war aus dem Onkel nicht herauszuholen.
- Ein Gemüt wie ein Nilpferd, kommentierte sein Vater.

Zum Weihnachtsspaziergang fuhren sie mit dem Auto aus der Stadt. Nicht jeder musste sie mit dem Onkel sehen.

In der Kaserne war es beinahe feierlich. Eine Stimmung wie zwischen Wahnsinn und Methode herrschte.

Der Befehl 30/74, der besagte, dass in Kasernen kein Alkohol getrunken werden durfte, wurde noch einmal verlesen. Doch obwohl Durchsuchungen stattgefunden hatten, waren die Leute reichlich versorgt.

Kian hatte Dienst in der Silvesternacht.

Schon am frühen Abend lag ein Soldat vollgekotzt auf dem Flur. Er wanderte in den Bau, gleich für drei Tage.

Auf allen Zimmern wurden die Radios aufgedreht, halbnackt tanzten Soldaten auf dem Flur, manche mit Stahlhelmen auf dem Kopf. Einer hängte sich die Schützenschnur um den Hals (Verhöhnung von Leistungsabzeichen), der nächste schnitt sich selbst eine Glatze (Verhöhnung des Ansehens der Armee), ein dritter zerriss die Parteizeitung zu Konfettis (Verhöhnung des offiziellen Parteiorgans).

Der arme Leutnant, der Kian unterstützen sollte, wurde bloß ausgelacht. Er war erst vor zwei Monaten von der Offiziersschule gekommen.
Gleich am Anfang hatte er sich blamiert, als er versucht hatte, einen LKW in die Werkstatt zu fahren. An der Torschwelle, die nur wenige Zentimeter hoch war, soff ihm der Motor einige Male ab, weil er nicht ausreichend Gas gab, unerfahren, wie er im Umgang mit Autos offenbar war. Respekt brauchte er danach nicht mehr erwarten, nicht von Kfz-Schlossern.
Jetzt tanzten die Soldaten eine Polonaise um ihn herum, stießen Motorgeräusche aus und umkurvten ihn und er stand bedeppert in ihrer Mitte.
Kian ging durch die Unterkünfte, doch dass er damit etwas erreichen würde, glaubte er nicht. Zu wild waren die Szenen, die er erblickte. Und angesichts des Leutnants genügte es ihm schon, nicht auch als Opfer ausgewählt zu werden.
In einem Zimmer hatten sich zwei Soldaten auf die Schränke gelegt, mit dem Oberkörper auf den einen und mit den Beinen auf den anderen Schrank und an ihre Gürtel hatte sich ein Soldat gehängt und schaukelte.
Er sah dieses Bild nur kurz, dann schlug die Tür wieder zu, er wollte sie öffnen, doch sie wurde von innen festgehalten.
Außerdem musste er aufpassen, dass ihn die E-Kugel, die über den Flur rollte, nicht traf.
Gleichzeitig spielten einige Soldaten Reiterkampf und irgendwer kloppte einen Stahlhelm gegen die Heizung.
Gegen Mitternacht setzte eine Prügelei ein, die die Soldaten untereinander aber schlichteten, sonst hätte er eingreifen müssen. Ein Soldat war dabei verletzt worden, mit

Verdacht auf Unterkieferbruch, als Ursache für den Unfall gab er an, er sei vom Bett gestürzt. Vielleicht hatte er selbst nicht mitbekommen, wer ihm den Schlag verpasst hatte, so besoffen war er.

Längst waren Neonröhren zerplatzt, Scheiben zersplittert, Schranktüren auf dem Flur gelandet und Bier- und Schnapsflaschen aus den Fenstern geflogen.

Die älteren Unteroffiziere soffen friedlich auf ihren Zimmern. Der Leutnant hatte die Kaserne verlassen.

Gegen zwei beruhigte sich die Lage.

Jetzt kündigte auch der Offizier vom Dienst seine Kontrolle an. Kian schickte seinen Gehilfen durch die Unterkünfte, um die letzten noch saufenden Soldaten zu warnen. Und den Flur ließ er fegen, damit der gröbste Unrat beseitigt wurde.

Der Leutnant erschien plötzlich wieder, blieb aber während des Stubendurchgangs in seinem Dienstzimmer.

Der Offizier vom Dienst lobte den friedlichen Verlauf der Silvesternacht in der Kompanie. In den anderen Kompanien hätte es einige Schwierigkeiten gegeben, deshalb habe er nicht früher zu einer Kontrolle erscheinen können.

Ob das nun stimmte oder nicht, war Kian egal. Hauptsache, er konnte dem Kompaniechef diese Einschätzung übermitteln.

Nach einiger Zeit glaubte Kian, dass ihm Überraschendes nicht mehr passieren könne. Seine Stellung bei den Vorgesetzten war gesichert.
Er vertrat den Hauptfeldwebel, den Spieß, wenn der im Urlaub war, und er hatte damit das Recht, Urlaubsscheine und Ausgangskarten herauszugeben, die begehrtesten Papiere überhaupt.
Viel mehr konnte er kaum erreichen.
Seine Kollegen Unteroffiziere waren schon äußerst neidisch. Er war noch immer der Jüngste unter ihnen und füllte solche Machtpositionen aus. Aber wenn sie sich nicht durchsetzen konnten, war es nicht seine Schuld.
Bei den Soldaten machte er sich mit kleinen Aufmerksamkeiten beliebt. Er ließ sie vorzeitig in den Ausgang gehen oder händigte die Post schon am Vormittag aus.
Nur Alkoholkontrollen führte er streng durch. Die Erfahrung mit Silvester hatte ihm gereicht. Sogar einen Soldaten, dessen Gruppenführer er war, meldete er dem Kompaniechef, als der Soldat gegen den Befehl 30/74 verstiess, obwohl ihm selbst im Wettbewerb dafür Minuspunkte angerechnet wurden.
Den Titel *Beste Gruppe* konnte er nach solch einem Vorkommnis nicht mehr erreichen. Drei Soldaten waren ihm unmittelbar unterstellt und eine eigene Werkstatt stand ihm zur Verfügung, in der er die Stromversorgungsaggregate reparierte.

Eine Peinlichkeit unterlief ihm.
Die Soldaten waren zum Arbeitsdienst angetreten, zum Fegen der Bataillonsstrasse, am Sonntagnachmittag, und er wollte sie aufmuntern.
- Arbeit macht frei, sagte er, nachdem er die Aufgabe erläutert hatte.
Er meinte damit: Arbeit lenkt ab. Er hatte wirklich nur eine gute Stimmung verbreiten wollen. Auch unbeliebte Arbeiten konnten fröhlich absolviert werden. Auf die Einstellung kam es an. Und die Soldaten sollten nicht ständig ihre Tage zählen. Das musste ja aufs Gemüt schlagen.
Am nächsten Tag musste er sich vor dem Politoffizier rechtfertigen. Irgendwer hatte seine Äusserung gepetzt. Erst als der Politoffizier ihn darauf hinwies, fiel ihm ein, in welchem Zusammenhang diese Bemerkung stand.
- Buchenwald, Sie wissen schon.
Da dämmerte es ihm. Jetzt war er wohl der Nazi.
Er hatte den Satz aber nicht zitiert, sondern von sich aus diesen Hinweis gegeben, in der besten aller denkbaren Absichten.
Deshalb bestritt er, jemals etwas Derartiges gesagt zu haben. Und der Politoffizier glaubte ihm. Er hatte ihn glücklicherweise auf die Antwort vorbereitet.
- Natürlich, antwortete Kian, natürlich ist mir das bekannt. Deshalb würde ich so etwas nie sagen.
Der Politoffizier stellte keine weiteren Nachforschungen an.
Kian versuchte herauszubekommen, wer ihn verpfiffen hatte. In so einem Fall hielten die Soldaten aber zusammen. Und direkt fragen konnte er nicht, da alle wussten, dass es keine Verleumdung war, er es aber als Verleumdung hingestellt hatte.

Die Parteimitglieder hatten ebenfalls Probleme mit der Sprache. Da jeder Armeeangehörige mit *Genosse* angeredet wurde, sprachen sie sich untereinander mit *Parteigenosse* an, um sich von den Nichtparteimitgliedern zu unterscheiden. Sogar die Abkürzung *Pg.* wurde manchmal benutzt.
Irgendwann fiel dem Politoffizier auf, dass diese Anrede an eine unrühmliche Zeit erinnerte. Das hatte lange niemand bemerkt.
Das Wort Parteigenosse durfte daher nicht mehr verwendet werden. Offiziell war es ohnehin nicht vorgesehen. Es hatte sich nur so eingebürgert. Die Soldaten störten sich an solchen Peinlichkeiten nicht.
Sie besorgten sich *Oschek, Blindenwasser* oder *Blaue Würger,* um an den Abenden *glatt durchzukommen.*
Das war alles Jargon. Normal sprach eigentlich keiner.
Statt *Tür zu!* rief jeder nur: *Brett ran!*
Diese Aufforderung hallte fast ständig über den Flur.
Wurde jemand gesucht, hieß es: *Der ist im Wertfach duschen,* oder: *Der ist surfen.*
Jemand, der aufmuckte, war ein *Putscher.* Stellte sich einer ungeschickt an, war er ein *Berghochbremser,* ein *Drusenfürst,* der *feuchte Kekse im Strumpf* oder *Wasser im Knie* oder *Brause im Kopf* hatte.
Wer sich erbrach nach zu heftigem Genuss von *Rückwärtsbenzin,* von klarem, billigem Schnaps, der *bröselte.* Vorher sollte schneller getrunken, das heißt *die Schlagzahl erhöht* oder *eine Druckbetankung* durchgeführt werden.
Schimpfworte waren: *Rosarotes Tuberkelferkel, Mössjö dö Röcheljö* (für einen, der erkältet war und nachts viel hustete), *Klapperkopf, Konsumbrot, Trüffelschwein.*
Ausruhen wurde auch *abkeimen* oder *Nüsse schaukeln* oder *säckeln* oder *Sackstand* genannt.

Wer nervte, hatte *eine russische Brieffreundin,* was niemanden interessierte, oder dem *fehlte ein Friseur* und dem wurde geantwortet: *Du machst mich weich.*
Wer depressiv war, hieß *Schwarzdecke* oder *Taschentuch,* und der *pisste in die Steckdose.*
Wer Hektik verbreitete, *drehte an der Uhr* oder *machte einen auf elektrisch,* und man ermahnte ihn mit den Worten: *Halt die Füße fest.*
Wenn etwas zu lange dauerte, galt der Ausruf: *Das schleift!*
Eine *Bremsspur* war der braune Streifen in der Unterwäsche.
Die Unterkunft hieß *Genickschussdiele.*
Und beim Duschen wurde schon mal geäußert: *Zieh den Finger zwecks B-Kristalle,* was bedeutete: Dreh die Dusche auf.
Nachdem Kian diesen Satz einmal gehört hatte, hatte er beim Duschen oft das Gefühl, es könnte an Stelle von Wasser tatsächlich Zyklon B aus der Leitung strömen.
Er fand diese Sprache ekelhaft. *Putscher* und *schleift* und *Mach dir'n Harten.* Und das sollte er sich nun anhören und am Ende selbst so reden?
Er korrigierte jeden, den er so sprechen hörte. Wer die Kaserne als Genickschussdiele bezeichnete, war nicht ganz sauber im Kopf.
Und die Sprache war viel zu schön, als dass sie dermaßen verhunzt werden sollte.

Auf Versammlungen wurde wieder anders gesprochen.
Häufigste Themen waren: Die Qualität des Essens, der Zustand der Technik, die internationale Lage.
Genosse Hauptmann Jabst führt aus (lt. Protokoll): Hö-

heres Niveau d. kom. Erz. ist stets von neuem anzustreben, Festigung der Grundüberzeugung gleich kom. Faktenwissen, Agitatoren kaum gearbeitet, Schulungen sind ausreichend vorhanden, EK-Bewegung durch Jugenderziehung abschwächen (Stellungnahmen an Wandzeitung, Gespräche), optimist. Ausblick auf die neuen, anspruchsv. Kampfprogramme.
Diskussion: Keine Wortmeldungen.
Gen. Hptm. Jabst: Was nützen uns regelmäßige Mitgliederversammlungen, auf denen beständig geschwiegen wird? Ich fordere zu Meinungsäußerungen auf.
Jugendfreund Müller: Zu viele negative Seiten aufgezeigt, ich versuche überall meine komm. Meinung zu sagen.
Jugendfreund Böttcher: Was nützen Leitungsbeschlüsse, Papier ist geduldig.
Gen. Hptm. Jabst: Keine defätistischen Einstellungen dulden.
Jugendfreund Kahn: Noch zu viele, die nur an sich denken, dabei schließe ich Vorgesetzte nicht aus.
Gen. Feldw. Müller: Dann Namen nennen.
Gen. Hptm. Jabst: Gegensätzlichkeiten nicht personifizieren, keine Namen.
(Jugendfreund Kahn fällt auf, indem er während der Versammlung ein Buch liest. [»Die Diagnostik der unsymmetrischen Hirnsysteme«] Möchte Biologie studieren.)
Jugendfreund Schiller: Warum werden die Fahrzeuge eingefettet, sogar die Reifen, nur damit sie bei Kontrollen glänzen? Dreck bleibt hängen, schwer abzuwaschen.
Gen. Hptm. Frabel: Künftig werden Reifen nicht mehr eingefettet, nur noch Fahrgestelle.
Jugendfreund Schulze: Die Qualität des Essens ist zu be-

mängeln (Gemüse zerkocht, Wurst angegammelt). Ausführungen des Küchenfeldwebels folgen dazu. Wenn die Soldaten ihr Geschirr nicht ordentlich wegräumen, brauchen sie sich über die Qualität des Essens nicht zu beklagen.
Jugendfreund Schiller fragt: Wird auf positive Tendenzen von »oben«, also von Vorgesetzten zu wenig oder zu umständlich reagiert? So wollte die Jugendgruppe des II. Zuges der Kompanie *freiwillig* zum Ernteeinsatz und den Erlös z. T. spenden. Und die Antworten: »nicht üblich«, »Verpflegung lässt sich nicht realisieren«, »wer überzeugt ist, spendet auch ohne Ernteeinsatz«. Doch 1 Woche später wurde Ernteeinsatz befohlen, während des Dienstes. Da wollte natürlich keiner mehr spenden. Darunter leidet die Vorbildwirkung der Leitungskader, die sich für den freiwilligen Ernteeinsatz eingesetzt haben.
Jugendfreund Müller: Auch auf dem Gebiet des Clubrates gibt es große Mängel oder sind Kinobesuche mit amerikanischen Filmen und alle Monate eine Clubveranstaltung zufriedenstellend?
Jugendfreund Schiller: Wenn gute Wandzeitungen auf dem Flur hängen, die sich viele nicht einmal ansehen, ist das auch mangelnde Einstellung.
Jugendfreund Mackel: Seit langem ist bekannt, dass es Schwierigkeiten in der Jugendarbeit gibt, doch keine nennenswerten, zählbaren Ergebnisse mit Ausnahme der Stimulierung des Jugendfreunds Brade zum Kassierer. Wir können nur mit Menschen arbeiten, das wissen wir. Der politisch-moralische Zustand der Kompanie weist darauf hin, dass Persönlichkeit durch Befehle u. ä. eingeschränkt ist.
Damit Diskussion beendet. Beschlussfassung.

Gen. Hptm. Jabst: Ich weise nochmals darauf hin, dass die neuen, anspruchsvollen Aufgaben persönliche Verpflichtungen darstellen.
Immer wieder wurde das Gleiche besprochen, wurde die gleiche Kritik geäußert, wurden die gleichen Beschlüsse gefasst. Das Essen, die Technik, die Technik, das Essen. Wir sollten freundlicher miteinander umgehen, aber wir sind schließlich bei der Armee. Forderungen kann nur stellen, wer seine Pflichten erfüllt.
Damit fängt es doch an.
Meist hörte sowieso niemand zu. Zum Reden musste jeder erst gezwungen werden. Und dann wurde wieder nur das Gleiche gesagt.

Thema der nächsten Sitzung: Marx und unsere Zeit
Gastredner: Oberst Winter, Militärakademie
Protokoll: in den 60er Jahren wurden Schwierigkeiten beim Aufbau Soz./Kom. unterschätzt, vor allem durch die Fehleinschätzung der wissenschaftl.-techn. Rev. (!!!), vertraten damals die Meinung, dass wissenschaftl.-techn. Rev. im Soz. einfacher und besser sein muss als im Kap. – grobe Vereinfachung (!!!), E. H.: jetzt erst ist es möglich Landesverteid. als auch Erhöhung Lebensstandard zu gewährleisten, jetzt so halbwegs vernünftige Proportionen, aber ökon. z. Zt. nicht mehr drin – E. H.: nichts geschieht bei uns um seiner selbst willen, Soz. ist der Soz., wie wir ihn besser im Moment nicht machen können.
Außenpolitik: Warum gibt es Kriege zw. Ländern, die sich polit. vom Kap. entfernt haben? z. B., Irak – Iran, China – Vietnam, Somalia – Äthiopien?, keine wirkl. soz. Länder, frühes Stadium des Soz., Kinderkrankheiten, wir sollten Geduld haben, nicht alle Konflikte sind Schuld des ameri-

kan. Imp., beim Frieden kein Automatismus zulassen, Polen: Krise bereinigt dank des energischen Eingreifens d. PVAP, jedermann wurde sichtbar: Polen festes Glied der soz. Gemeinschaft, bewaffnete Kräfte haben sich bewährt, Krieg immer mitdenken, vorbereitet sein, daher die Ausbildungsergebnisse ständig steigern, eine Armee ist für den Krieg da, auch wenn sie den Frieden erhalten soll.

Der Oberst erläuterte:
- Letzteres werden wir in der Öffentlichkeit nicht so deutlich sagen. Der Zivilbevölkerung darf ein Übermaß an Ängsten nicht zugetraut werden. Wenn wir aber der Meinung sind, dass in der Bevölkerung die Kriegsgefahr unterschätzt wird, werden wir die Ängste erhöhen müssen. Das ist nur realistisch, ein realistisches Szenario.
Kian überlegte. Angst wurde demnach bewusst gesteuert? Informationen wurden erfunden und zwar beruhigende ebenso wie beunruhigende? Und diese Taktik diente der Kriegsvorbereitung, die den Frieden bewahren sollte?
Einmal hatte es geheißen, wenn die Amerikaner ihre Raketenabwehrsysteme im Weltall stationieren würden, riesige Spiegel, die gegnerische Raketen frühzeitig erfassen könnten, dann würde es genügen, einige LKW-Ladungen Sand in das Weltall zu schießen, um die Spiegel unschädlich zu machen. Das erprobten die Russen gerade. Mit einfachsten Mitteln die feine Technik zu besiegen, das war das Motto. Der Sand würde die Spiegel zerstören, auf der Erdumlaufbahn erreichte er ja eine hohe Geschwindigkeit, also auch eine hohe Gewalt, der die Spiegel nicht standhalten könnten.
Auf gleicher Stufe bräuchten die Russen den Rüstungswahnsinn nicht mitzumachen. Aber die Bedrohung durch

Raketen, die dicht über dem Erdboden unterhalb der Radarschirme entlang flogen, blieb ernst und unheimlich. Innerhalb weniger Minuten könnte eine Rakete jedes beliebige Ziel treffen, bei größeren Gebäuden die Eingangstür und in Kasernen die Waffenkammern, so dass sie alle in die Luft fliegen würden, vielleicht nachts im Schlaf, ohne es zu merken.
Waren diese Informationen übertrieben? Sollte mit ihnen nur Angst erzeugt werden?
Die Angst ist eine Errungenschaft, sie muss bewahrt werden, so stand es auch in einem Krimi, den er vor kurzem gelesen hatte.
Und: *Keiner wird, angesichts dessen, was sich in der Welt vorbereitet, die Angst los; ein Glück, dass es so ist, dass wir das spüren, dass wir so wach sind!*
Das hörte sich an, als sollte man sich freuen, Angst zu haben.

Teuflische Mittel hatte der Imperialismus entwickelt, um ein Siebentel der Erde in die Knie zu zwingen. Eingebrannt in Asphalt oder Beton, als schwarzer Schatten, würde jeder nur überleben.
In der Bibel war dieses Ende der Menschheit schon beschrieben worden. Das hatte einer der Bausoldaten erzählt. Pech und Schwefel sollten vom Himmel regnen, angeblich für schlimme Sünden. Diese Leute fühlten sich dadurch in ihrem Glauben offenbar noch bestätigt. Sie taten so, als hätte der liebe Gott die Raketen konstruiert.
Deshalb war die Bibel so gefährlich. Bei der Armee durfte sie nicht gelesen werden, weil sie die Wehrkraft aushöhlte.
Ein Soldat, der aus einem Panzerregiment zu ihnen versetzt worden war, hatte erzählt, dass in seinem Regiment

ein Offizier bei einem Soldaten die Bibel entdeckt, sie auf den Boden geworfen und auf ihr herumgetreten hatte. Es war das verbotenste Buch überhaupt.
Der Offizier bräuchte sich im Krieg allerdings nicht zu wundern, wenn sich der Soldat an ihm rächen würde.
In jedem Krieg war es bisher vorgekommen, dass Untergebene ihren Vorgesetzten eine Kugel in den Rücken geschossen hatten. Diese Neuigkeit war ausschließlich den Unteroffizieren mitgeteilt worden.
In der Nachbarkompanie hatte ein Offizier im Politunterricht den Soldaten befohlen, Schutzmasken anzulegen, als sie seinen Ausführungen nicht zuhörten. Unter den Schutzmasken mussten die Soldaten die politischen Lehrsätze wiederholen. Der Offizier war in Unehren entlassen worden.
Dieses Vorkommnis sollte alle warnen.
Eigentlich widersprach es ja dem sozialistischen Menschenbild, dass einer dem anderen eine Kugel in den Rücken schösse. Aber kitschige Vorstellungen zählten im Krieg nun einmal nicht. Das Wissen, dass es einmal hart auf hart käme im Falle des Falles, konnte deshalb nur helfen.

Wochenlang träumte Kian von einer Laubhütte in einem russischen Birkenwäldchen und stellte sich vor, dort zu leben. Ein Boot würde am Ufer eines Flusses auf ihn warten und er könnte hinaus aufs Wasser zum Fischen fahren.

Marschierte er zum Kfz-Park, wo die Fahrzeuge aus den Garagen gefahren, auf den Zentimeter genau ausgerichtet und nach einigen Stunden wieder in die Garagen gefahren wurden und in der Zeit dazwischen lediglich das Werkzeug auf seine Vollständigkeit hin überprüft wurde, so musste er sich beherrschen, aus der Marschordnung nicht einfach auszuscheren, sich an die Böschung zu setzen und der Dinge zu harren, die da kommen würden.

Unser Vorzeigevorbild, was hat er denn nur. Auch Sie, werter Genosse, sollten andere Wege kennen, Ihre Unlust zu äußern. Vielleicht würde Ihnen eine Beförderung wieder auf die Beine helfen? Ein General hat kürzlich Ihre Talente entdeckt, er hat Sie beobachten lassen und ist zufrieden mit den Ergebnissen, bei uns bleibt schließlich keine Begabung unentdeckt. Sie werden eingeladen, die kriminologischen Gerüchte in der Armee zu untersuchen, wir versprechen uns deutliche Verbesserungen von Ihrer Untersuchung vor allem in Hinsicht auf das Sie wissen schon Wehrkampfverhalten. Näheres wird Ihnen der General persönlich mitteilen, es ist immerhin eine vertrauliche Angelegenheit, in die Sie hier mit einbezogen werden. Auch dem Minister hat der General schon Bericht erstattet über Ihre künftige Sonder-

stellung, man wird sich wohl extra einen Dienstgrad für Sie ausdenken, um die Hoffnungen, die wir mit Ihrer Arbeit verbinden, auch deutlich allen zu zeigen.
Nun stehen Sie aber auf, ich bitte Sie.

Er stand nicht auf. Ratschläge konnte er sich allein geben.
Er wusste selbst, wie es um ihn stand.
Vor kurzem erst hatte er eine genaue Beschreibung seines Zustands gelesen, in einem einzigen Satz.
Unsere Ordnung ist in sich gefestigt und trotzdem gibt es Realitäten, die wir nicht verhindern können: Alter, Krankheit, Einsamkeit zum Beispiel.
Ein Hauptmann der Kripo war zu dieser Erkenntnis gelangt, als ein alter Mann Heiligabend verschwunden war und nur ein Nachbar ihn vermisste, weil der Mann seine Enten nicht aus dem Stall gelassen hatte. Ohne die Enten wäre der Mann nicht vermisst worden, weil er keinerlei Bekannte hatte.
Kian schrieb sich den Satz aus dem Buch.
Er tat, was von ihm verlangt wurde, sorgte für Ordnung und dennoch fehlte ihm etwas. Über die äußeren Umstände konnte er nicht klagen.
Was ihm fehlte, wusste er. Alle suchten es und alle wollten es haben.
Vielleicht hatte er seine Chance in der Liebe verpasst. Vielleicht hatte jeder nur eine Chance in der Liebe. Er hätte seine Chance nicht so leichtfertig vergeben sollen. Jetzt bereute er seine mangelnde Geduld.
In seinem letzten Urlaub hatte er erfahren, dass Kathrin geheiratet hatte, schon acht Monate nach ihrer Trennung. So rasch hatte sie sich getröstet. Sogar schwanger war sie zur Hochzeit gewesen. Auf dem Weg zur Trauung war die

Kutsche umgekippt. Es lag eben kein Glück auf der Beziehung, wenn sie sofort einem anderen nachlief.

Täglich hörte er Anspielungen über dieses Thema. Ein Soldat zeigte ihm Aktfotos von seiner Freundin, mit hohen Stiefeln stand sie nackt im Bett, und der Soldat bot ihm einen Dreier an. Seine Freundin sei für so etwas zu haben, behauptete er.
Kian hätte gern zugestimmt, doch was, wenn ihn der Soldat später erpressen würde.
Andererseits war ihm kaum mehr als theoretisch der Ablauf eines Geschlechtsaktes bekannt. Erzählen durfte er das niemandem. Verheiratete Männer hüpften vor ihm auf seinen Befehl und ihm klebte noch der Grünspan hinter den Ohren.
Wie in der Kaserne reagiert wurde, wenn jemand sich auch nur beim Onanieren erwischen ließ, das hatte er selbst erlebt.
Ein Soldat hatte während seines Wachdienstes hinter einem Baum onaniert und der diensthabende Offizier hatte ihn dabei erwischt. Daraufhin wurde der Schrank des Soldaten durchsucht und ein Tagebuch gefunden.
Der Soldat hatte vor das versammelte Bataillon treten müssen und der Offizier las aus seinem Tagebuch vor, genau die Stellen, wo er geschrieben hatte, dass es ihn quäle, keine Freundin zu haben. Vierhundert Leute hatten gegrölt vor Lachen.
- Wenn der Klassenfeind das liest, wird er sich leicht ein Bild machen können über den politisch-moralischen Zustand unserer Soldaten, hatte der Offizier das Vorlesen kommentiert.
Wegen Vernachlässigung des Dienstes und illegaler Auf-

zeichnungen war der Soldat zu drei Tagen Knast verdonnert worden.
Ein leichtes Leben hatte er danach nicht mehr. Als Schlagzeuger in der Bataillonsband wurde er abgelöst, auf Wunsch seiner Kollegen.

Onanieren konnte Kian fast schon mechanisch. Selbst im LKW, als Beifahrer, brauchte er bloß die Hand in der Tasche halten, sich schlafend zu stellen, und das genügte. Gerade im Winter, unter der dicken Wattejacke, bekam der Fahrer davon nichts mit. Zur Sicherheit zog er sich meist die Mütze übers Gesicht.
Was sollte er tun? In jedem Ausgang und in jedem Urlaub blickte er sich nach Frauen um, aber nichts passierte.
Die erste Begegnung sollte seiner Auffassung nach eigentlich ohne Worte stattfinden, schweigend müssten beide sich einig sein, aufeinander gewartet zu haben und auf niemanden sonst. Erklärungen würden diesen kostbaren Moment nur zerstören.
Doch auf den Zufall zu warten, konnte Jahre dauern. Es musste an seiner Ausstrahlung liegen, dass ihn keine Frau beachtete. Vielleicht war seine Ausstrahlung mittlerweile zu militärisch geprägt?
Er wirkte nicht unschuldig. Frauen liebten die Unschuld oder das ganz und gar Männliche und beides fehlte ihm.
Oder es lag an seinem Charakter. Der Charakter war für Frauen das Entscheidende. Aber woran erkannten Frauen den Charakter so schnell? Er würde bei einer Frau niemals bemerken, was sie für einen Charakter hätte.
Er zählte alles Schlechte auf, das er von sich kannte.
Er war unzuverlässig, er hatte zuviel Fantasie, er konnte nicht zuhören, er interessierte sich eigentlich nur für sich,

er hatte kein Mitleid mit seinem Onkel, er war ungerecht, weil er einzelne Soldaten vorzog, andere benachteiligte, er war faul, weil er sich gern vor Arbeiten drückte, die ihm keinen Spaß machten usw.
So weit war seine Selbsterkenntnis fortgeschritten.
Seine Ausstrahlung würde sich dadurch aber bestimmt nicht zum Guten verändern.
Dass er das Herz einer Frau dennoch erreichen konnte, hatte er bemerkt, als er für einen Soldaten einen Liebesbrief auf eine Annonce geschrieben hatte. Der Soldat hatte tatsächlich Antwort bekommen und dem Foto nach von einer ziemlich attraktiven Frau.
Für sich selbst hatte er auch schon auf zwei Annoncen geschrieben, aber er hatte keine Antwort erhalten. Offenbar fiel es ihm leichter, andere gut darzustellen als sich selbst. Dem Soldaten half er nun weiterhin Briefe zu schreiben, damit der Frau der Betrug nicht auffiel.

Künftig wollte er Frauen gegenüber verspielt und kindlich auftreten, mochte sein Charakter sein wie er war. Er hatte sich ihn nicht ausgesucht.
Er wollte sich interessiert und neugierig geben und nicht zuviel von sich erzählen, um ein bisschen geheimnisvoll zu erscheinen.
Im Urlaub nahm er all seinen Mut zusammen und ging zur Disco, wo er sonst nie hinging.
Die Disco wurde von der Kurverwaltung in einem Schlösschen am Stadtrand veranstaltet. Vorrangig wurden Kurgäste eingelassen.
Jeans waren verboten, es sollte eine gediegene Atmosphäre herrschen. Eine Band spielte. Karten wurden so viele verkauft, wie es freie Stühle gab.

Zwei Stunden musste er auf den Einlass warten. Dafür hatten die stadtbekannten Schläger hier Gaststättenverbot.
Am Nachmittag hatte er in alten Schulaufsätzen gelesen.
Beweise, dass sich Ansprüche nur durch eigene Arbeit erfüllen lassen und dass man das eigene Wohl nicht über das der anderen stellen kann.
So hatte das Motto eines Aufsatzes gelautet. Und er hatte geschrieben:
Wenn ein Schüler in der Schule ewig die Hausaufgaben vergisst, stiehlt er anderen die Zeit, die der Lehrer zum Einschreiben der schlechten Note benötigt. Dabei lebt er auf Kosten anderer. Wenn der Werktätige auf der Arbeitsstelle ewig bummelt, die anderen die Arbeitszeit jedoch voll ausnutzen und er das gleiche Geld erhält, kann er nicht die gleichen Ansprüche wie die anderen stellen, sonst würde er auf Kosten anderer leben und das eigene Wohl über das der anderen stellen.
Eine Eins hatte er dafür bekommen. Dem Lehrer war nicht aufgefallen, dass in dieser Argumentation ein Fehler enthalten war.
Er hatte den Aufsatz verbrannt.
In einem zweiten Aufsatz hatte er geschrieben:
Es gibt realistische und es gibt unrealistische Träume. In unserer Gesellschaft kommt es darauf an, realistische Träume zu träumen. Realistische Träume sollen für die Gesellschaft nützlich sein.
So sehr hatte er dem Lehrer nach dem Munde geschrieben. In den Gesprächen im Unterricht hatte er das bestimmt nicht getan.

Langsam füllte sich der Saal. Kian suchte sich einen Platz am Fenster.
Er malte mit dem Finger hieroglyphische Zeichen auf die Tischdecke, zerbrach Streichhölzer und legte mit ihnen Figuren.
Die Band begann sich einzustimmen, die ersten Kellner nahmen Bestellungen entgegen. Ein Kellner war mit ihm in eine Klasse gegangen. Der erzählte, dass er nicht zur Armee bräuchte, weil er untergewichtig sei. Dann musste er stark untergewichtig sein, weil aus Personalmangel mittlerweile auch halbe Krüppel zur Armee eingezogen wurden. Sogar Asthmatiker und Einäugige wurden eingezogen und zu Gartenarbeiten angestellt wie die Bausoldaten. Karawane des Gebrechens nannten sie sich in seiner Kompanie.
Der Kellner ging seiner Arbeit nach und er saß wieder allein. Als ob er Ausschlag hätte, so wurde sein Tisch gemieden.
Etwas Nacktes, Schwarzes begann in ihm zu bohren.
In einem Traum hatte er letztens jemanden verbrannt. Er war sich während des Traumes sicher, dass von dem Verbrannten keine Spuren zu finden wären. Dann fiel ihm ein, dass dieser Mensch eine Zahnspange getragen hatte. Er lief zum Ofen, stocherte in der Glut, fand tatsächlich die gesuchte Spange und zog sie heraus. Kurz darauf stürmte der eigentlich Tote auf ihn zu und rief: Ich habe auf der Heizung gesessen, als ich eben aufgewacht bin. Mit einer Hand habe ich mich festgehalten! Aber wer hat mich dort Schlafen geschickt? Wo mir so heiß war?

Die Saaltür öffnete sich und eine junge Dame, ganz in Weiß gekleidet, trat herein. Ein roter Gürtel zierte ihre Taille.

Wie sich eine Frau verändern konnte, in nur zwei Jahren! Sie kam in die Nähe seines Tisches. Er nickte, da sie ihn nicht zu erkennen schien. Gemeinsame Schuljahre machten diese Vertraulichkeit möglich.
- Ich hätte dich fast nicht erkannt.
- Das habe ich gemerkt.
Sie setzte sich.
- Hast du Urlaub? Und wie ist es so?
- Es hätte schlimmer kommen können.
- Erzähle.
Er erzählte.
- Das hätte ich nicht gedacht.
- Ich auch nicht, wenn man es mir vorher erzählt hätte.
- Bist du nicht gewarnt worden?
- Doch. Aber wenn man dabei ist, sieht es anders aus.
- Das glaube ich.
- Man muss erst seine Erfahrungen machen. Eine Lehre wird es mir sein.
- Bereust du es?
- Nein, das nicht.
- Aber die schöne Zeit?
- Die Zeit geht vorbei.
- Ja, allerdings.
Seine Funktion verschwieg er wohlweislich.
- Und der Alkohol?
- Gesoffen wird. Manche trinken sogar Rasierwasser.
- Rasierwasser?
- Achtzig Prozent Alkohol. Andere lassen sich Konserven von zu Hause schicken, Pflaumen oder so etwas, in denen der Saft gegen Schnaps ausgetauscht wurde. Unter dem Etikett werden Löcher ins Blech gebohrt, der Saft wird herausgelassen und der Schnaps hineingespritzt.

- Auf solch eine Idee wäre ich nie gekommen.
- Wer abhängig ist, kommt auf solche Ideen. Ich trinke nie.
Er trank auch jetzt nur Cola.
Aus seiner alten Klasse waren schon zwei im Knast gelandet, beide unter Einfluss von Alkohol.
- Du hast einen starken Willen.
- So stark ist mein Wille gar nicht. Ich habe nur bei meinem Vater gesehen, wohin Alkohol führt.
- Also hast du doch einen starken Willen. Kinder von Alkoholikern trinken meistens auch.
- Alkoholiker ist mein Vater vielleicht nicht, aber es fehlt nicht viel.
Inzwischen spielte die Band bekannte Lieder nach. Einige Mädchen tanzten.
- Und das Politische? Müsst ihr nicht alle in die Partei eintreten? Wegen der Zuverlässigkeit?
- Nein. Ich bin zwar gefragt worden, aber ich habe abgelehnt.
Das war zumindest nicht falsch.
- Und du hast keine Probleme deswegen?
- Nein.

In der Schulzeit hatte sie ihn nie angesehen. Sie war sich wohl zu fein dafür. Schläger konnten die Mädchen nicht leiden. Zweimal sollte er aus disziplinarischen Gründen an eine andere Schule versetzt werden.

Zuletzt hatte er ein Polizistensöhnchen verprügelt, der ihn als Faschist beschimpft hatte, weil er etwas über seinen Vater gehört hatte, daraufhin hatte er ihn als Antifaschist beschimpft. Im Geographieunterricht schrieb der die Angaben über die kapitalistischen Länder (Industrie, Bodenschätze) in mikroskopisch kleinen Buchstaben, so dass er sie selbst nicht lesen konnte, aus Protest gegen den Klassenfeind, über den er nichts wissen wollte. Direkt weigern konnte er sich nicht, diese Angaben mitzuschreiben, aber seine Haltung wollte er trotzdem dokumentieren.

Immer die Schläger unter sich, wie hat das angefangen mit Perke der habe ich die Federtasche auf den Boden geschmissen um sie zu ärgern damit sie mich auch ärgert in der vierten Klasse. Hat es aber dem Lehrer gepetzt. Beste Schülerin und immer rumgetrieben zuletzt mit den Hühnertötern die zwanzig Hühner geköpft haben nach der Disco sogar in der Zeitung hat der Bericht darüber gestanden und das will was heißen. Jugendstrafe für den Anführer. Anführer muss immer sein ein Kollektiv wird nicht kriminell das ist wohl klar. Deshalb sind Kollektivbeschwerden verboten auch wenn es die ganze Gruppe betrifft verhandelt wird mit jedem und die Beschwerde angehört der einzelne zählt bei uns noch etwas. Eine Gruppe

die sich beschwert das ist Streik und gegen sich selber kann man nicht streiken wer will sich schon selber schaden das werden wir nicht zulassen.
Sie hat sich immer rausgehalten aus allem so weit ich das gehört habe in der Klasse da drunter ging es auch friedlich zu friedlicher als bei uns jedenfalls und jetzt.

Blutige Lippen öffneten und schlossen sich.
Vielleicht musste er nur genügend verzweifelt sein, damit sich seine Wünsche erfüllten.
Er klopfte den Rhythmus der Musik auf die Tischplatte. Aus lauter Unruhe zerbrach er wieder Streichhölzer.
- Lass uns doch tanzen?
Er suchte mit den Füßen den Takt zu halten, eins zwei, eins zwei, mehr war nicht drin. Ein halber Marschschritt steckte ihm da in den Füßen.
Wer tanzte, umarmte sich bald. Alle taten es. Ihre Hände lagen bestimmt nicht ohne Absicht auf seinem Rücken. Er legte seine Hände auch auf ihren Rücken. Und dass jetzt auch noch *Lady Jayne* gespielt wurde! Jedesmal, wenn sie ihre Hände verschob, verschob er seine auch. Ihre Hände lagen längst an seiner Taille.
Nach dem letzten Lied spazierten sie eng umarmt durch den Park. Vor ihrer Haustür gab sie ihm einen Kuss.
Er blickte ihr fest in die Augen, mit einem stummen Versprechen.

In der Kaserne schrieb er gleich nach seiner Ankunft den ersten Brief.
Liebes Öhrchen!
Ihre Ohren hatten ihm so gefallen.
Stell dir vor, ich bin die ganze Nacht durchgefahren und

ich habe immerzu an dich gedacht. Ich habe dir so viel zu sagen. Es war vielleicht der wichtigste Abend meines Lebens. Sicher hast du gemerkt, wie unsicher ich bin. Nur bei dir fühle ich mich sicher.

Übertrieb er nicht?

Gib mir Zeit, uns kennenzulernen. Ich bin sicher, dass wir uns vertrauen können. Du hilfst mir allein dadurch, dass du da bist. Seit ich dich kenne, wird manches auch schwerer. Ein bisschen wie eingesperrt sein ist es ja hier, das merke ich durch dich.

Hoffentlich wurde der Brief nicht kontrolliert.

Höre nicht drauf, was die Leute über meine Familie reden. Ich kann dir alles erklären. Jeder soll doch eine Chance haben, sein Leben selbst zu gestalten.

PS: Bitte schreib mir so oft du kannst. Ich werde jeden Tag auf einen Brief warten.

Freiwillig führte er die Soldaten zum Frühsport. Es machte ihm nichts aus, dass seine Kollegen noch schliefen. Er brachte die Kompanie auch zum Essen. Die anderen Unteroffiziere wunderten sich schon.

Zum Morgenappell gab er sich wieder strenger. In aller Öffentlichkeit wollte er seine Freude nicht zeigen.

Als ihn der Kompaniechef nach dem Appell fragte, wie der Urlaub verlaufen sei, hätte er den Mann am liebsten umarmt.

Eine fürsorgliche Seele war der Major. Eigentlich war es schade, dass er die Kompanie verlassen würde.

Gegen Mittag schrieb Kian den nächsten Brief an seine Freundin. Offiziell bereitete er eine Sitzung vor.

Er schrieb sich regelrecht in einen Rausch hinein, die Punkte zwischen den Sätzen ließ er meist aus, setzte statt

dessen Kommas. Einige Male erfand er neue Worte. Statt *Zweiertisch* schrieb er *Tischzweier.*
Im Ausgang hatte er mit einem Opernsänger und mit einer Opernsängerin im Café an einem Tisch gesessen und wie die sich unterhalten hatten, das erzählte er jetzt.
Als die beiden zufällig im gleichen Moment ihr Weinglas erhoben hatten, hatte der Opernsänger gesagt:
- Ich hasse die Duplizität der Ereignisse.
Und die Opernsängerin hatte geantwortet:
- Aber nur aus Spontaneität entsteht Originalität.
Darauf der Opernsänger:
- Originalität geht durch Wiederholungen zugrunde, das zeigt der Schmerz unserer Zeit.
So hatten die beiden den ganzen Abend miteinander geredet. Und sie hatten ihn immer wieder angeblickt bei ihrem Gespräch. Der Mann trug einen Ehering an der linken Hand und die Frau einen an der rechten, obwohl sie sich immerzu küssten.
In das Café, in dem er sie getroffen hatte, würde er nicht wieder gehen. Es war ohnehin für Armeeangehörige verboten, weil sich dort zwielichtige Elemente trafen, wie sie der Politoffizier belehrt hatte, und er war nur aus Neugierde hingegangen.
Jedenfalls bewies die Geschichte, dass er nicht nur mit der Armee beschäftigt war, wie seine Freundin vermutet hatte. So dachte er weiter über das Problem des Charakters nach. Sogar eine Theorie entwickelte er darüber, die er seiner Freundin schrieb. Einige Gedanken aus dieser Theorie hatte er in der Zeitung gelesen.

Jeder Mensch besitzt unterschiedliche Eigenschaften. Jedoch besteht die Möglichkeit, dass einige Eigenschaften negiert werden, entweder durch andere Eigenschaften oder durch die Umwelt. Die ersten Eigenschaften sind dann eigentlich vorhanden, jedoch kommen sie nicht zum Vorschein.

Negiert kann nämlich fast alles werden und das Negierte hebt sich in etwas anderem auf. So ist das in der Ökonomie und es trifft auch für die Eigenschaften eines Charakters zu. In der Ökonomie ist es nur komplizierter als bei einer Persönlichkeit, weil mehr Faktoren zu berücksichtigen sind. Aber eine Persönlichkeit ist den gleichen Gesetzen unterworfen wie die Gesellschaft. Beide sind Subjekte. Beide wollen Ziele erreichen, doch in Abhängigkeit von bestimmten Bedingungen. Die Bedingungen können andere Menschen sein, die etwas anderes wollen. Das Subjekt muss nun die Bedingungen so gestalten, dass sie seiner eigenen Entwicklungsphase entsprechen. Dafür muss das Subjekt seine eigene Entwicklungsphase kennen. Irrt es sich hierbei, zieht es die falschen Schlussfolgerungen.

An diesem Punkt kam er nicht weiter. Er konnte die Bedingungen bei der Armee kaum beeinflussen. Traf das aber zu, befand er sich in einem unlösbaren, in einem antagonistischen Widerspruch. Wollte er sich weiterentwikkeln, musste er die Bedingungen negieren, in denen er sich befand. Das war aber nicht möglich. Und wo sollte das Negierte aufgehoben werden?

Vielleicht waren diese Überlegungen doch zu schwierig für ihn.

Seiner Freundin schrieb er:

Ich weiß auch nicht, ob diese Gedanken richtig sind. Vielleicht ist der Sinn nur für mich erkennbar. Vielleicht erkennst du ihn auch.

Er wollte ihr viele Seiten von sich zeigen. Es war doch

wichtig, dass sie ihre gemeinsamen Interessen herausfanden. Und einer musste damit beginnen, von sich zu erzählen. Nur so konnte sie ihn kennenlernen.
Er nummerierte den Brief. Sie sollte mit der Reihenfolge des Lesens nicht durcheinanderkommen. Und er wollte die Sicherheit haben, dass kein Brief verloren ginge. Er bat auch sie, ihre Briefe zu nummerieren.
Zum Schluss bat er dringend um ein Foto. Ein Foto von ihr wollte er ständig bei sich tragen.

Bald ermüdeten ihn die Dienste wieder. Kompanie Nachtruhe Kompanie Nachtruhe beenden Kompanie Verdunklung Kompanie raustreten zum Frühsport Kompanie raustreten zum Morgenappell Kompanie raustreten zum Gefechtsalarm Ziehen Sie Ihr Koppel straff Setzen Sie Ihr Käppi gerade auf Zum Friseur könnten Sie auch mal wieder gehen In Ihrer Kragenbinde können Sie Würmer züchten die steht vor Dreck.
Die Verdunklung musste er selbst kontrollieren. Kein Licht durfte nach draußen dringen wegen der Gefahr von Fliegerangriffen. In der Nacht dudelten auf den meisten Stuben die Radios. Aber keinen Feindsender einstellen meine Herren Sie wissen dann wird Ihr Gerät konfisziert.
Bis Mitternacht hielt er sich wach. Wenn endlich Ruhe war und die Ausgänger im Bett lagen, machte er es sich auch bequem und legte seinen Kopf aufs Dienstbuch. Drei Stunden Schlaf in einem Vierundzwanzig-Stunden-Dienst waren einfach zu wenig.
Dann wurde Gefechtsalarm ausgelöst, die Kompanie trat auf dem Flur an und jedem wurde die Parteizeitung überreicht. Der Kompaniechef gab bekannt, dass der Dritte Weltkrieg ausgebrochen sei. Das Titelblatt der Parteizei-

tung war zu zwei Dritteln unbedruckt, am oberen Rand waren die Passfotos der Regierungsmitglieder abgebildet und darüber stand in fetten Buchstaben: *Zu Ehren von Werner Krolikowski.* Werner Krolikowski war in der Regierung verantwortlich für die Landwirtschaft und ihm war der Dritte Weltkrieg gewidmet. Dann musste die Kompanie in eine Betonröhre klettern, die über einer Wiese endete, auf der sie sich ausruhen durften. Auf der Wiese standen Schulbänke. Dort hielt der Papst einen Vortrag. Er trug ein Emblem an seinem linken Ärmel, das die Aufschrift trug: *Papst.* Der Papst war ein hagerer Mann mit silbergrauen Haaren. Er redete über die Bedeutung des Fußballs für die heutige Zeit. Dabei lächelte er. Irgendein Trick war in dem Thema verborgen, das spürte Kian.
Gleich darauf wurde ihm auf einer Farbpalette Essen gereicht, von dem er wusste, dass es vergiftet war. Er sagte sich: Da ich weiß, dass ich vergiftet werden soll, wird das Gift nicht wirken, und aß.
Sein Vater stand daneben und schlachtete ein Kaninchen. Das Kaninchen blickte mit aufgeschlitztem Fell auf seine Gedärme herab und sagte: Ich habe Hunger.

Vom Klingeln des Telefons wurde Kian wach.
Der diensthabende Offizier befahl ihn zu sich:
- Mit Dienstbuch bitte!
Er bestätigte den Befehl. Nur war das Dienstbuch nicht da. Es hatte vor ihm auf dem Tisch gelegen.
Er ging zum Hauptmann und erstattete Meldung:
- Ich kann das Dienstbuch im Moment nicht finden.
Der Hauptmann sagte:
- Sie werden es auch später nicht finden. Sie haben geschlafen.

Er leugnete.
- Blicken Sie in den Spiegel!
Auf seiner Stirn war noch jetzt der Abdruck seiner Hand zu sehen, auf der er im Schlaf gelegen hatte.
Der Hauptmann reichte ihm das Dienstbuch.
- Wollen Sie immer noch leugnen?
So handelte er sich seine erste Strafe ein – einen Verweis. Der Kompaniechef hatte ihn nicht bestrafen wollen, aber das hätte Unruhe in die Reihen der Unteroffiziere gebracht.

Trotz des Verweises beantragte er für das darauffolgende Wochenende Urlaub. Und er bekam ihn bewilligt.
Versüßt wurde ihm das Warten durch den ersten Brief seiner Freundin. Sogar ein Gedicht hatte sie ihm geschrieben.
Er trat als ein ferner Zauberer darin auf, der über Täler und Berge hinweg ihr die Hand hielt. Sie stand im Regen allein unter einer Birke und er war dennoch bei ihr.

Du hast beglückt mich und ich weiß nicht wie,
Drum sag ich dir, verlass mich nie.

So endete das Gedicht. Sie hatte zwar erst geschrieben, nachdem sie drei Briefe von ihm erhalten hatte, aber was machte das schon, wenn es dann solche Briefe waren?
Ein Foto hatte sie auch geschickt. Seine Brieftasche, in der er es aufbewahrte, legte er nachts unter sein Kopfkissen.
Er zeigte das Foto seinen Stubengenossen.
- Wir werden heiraten, sagte er.
Das war eine ziemliche Neuigkeit.
- So schnell? Seit wann kennst du sie denn?

- Schon einige Zeit, log er.
- Und das sagst du erst jetzt?
Ja, er hatte lange geschwiegen.
Niemand außer ihm hatte auf ihrer Stube eine feste Freundin. Und verheiratet war überhaupt kein Unteroffizier. Es war eben für jeden schwer, die passende Frau zu finden.
Er ließ gern die Bemerkungen über sich ergehen, die beim Verteilen der Post nun gemacht wurden, wenn er einen Brief erhielt. Er trug alle ihre Briefe stets bei sich. Sollten seine Stubengenossen nur spotten, er machte ihnen keine Vorwürfe deswegen. Er war lange genug in ihrer Situation gewesen.

Nach seinem Urlaub wurde Kian zu einer Dienststelle vorgeladen, die offiziell keinen Namen hatte. Sie hatte einen Namen, aber der wurde nie genannt.
Ein Leutnant erwartete ihn. Er schlug eine Mappe auf und las darin.
- Sie leisten als Kompaniesekretär eine hervorragende Arbeit, sagte er.
- Ich versuche es, antwortete Kian.
- Ihre politische Einstellung überzeugt uns, sagte der Leutnant.
Er legte die Mappe beiseite.
- Mich interessieren Ihre Zukunftspläne. Was werden Sie nach Ihrer Armeezeit machen? In Ihrem Beruf wollen Sie nicht wieder arbeiten?
- Nein, eigentlich nicht.
- Sie haben keine Geschwister, stellte der Leutnant fest.
Er bestätigte es.
- Ihre Eltern arbeiten als Zimmermann und als Sekretärin?
Er bestätigte auch das. Vielleicht wurde gegen seinen Vater ermittelt?
- Über Ihren Vater hören wir so gewisse Geschichten.
Also doch.
- In der Generation unserer Väter wirken oft noch die alten Einflüsse. Das scheint bei Ihrem Vater der Fall zu sein?
Was sollte er dazu sagen?
- Ich will offen mit Ihnen reden. Hätten Sie Interesse,

nach Ihrer Armeezeit bei uns zu arbeiten? Wir bieten Ihnen eine interessante Tätigkeit.
Er sagte noch immer nicht, in wessen Namen er redete.
- Sie würden in einem jungen Kollektiv arbeiten. Sie bräuchten keine Uniform zu tragen. Sie könnten bei uns Ihre Fahrerlaubnis machen. Überhaupt würden Sie häufig unterwegs sein. Unter Umständen müssten Sie bereit sein, Ihre Eltern längere Zeit nicht zu sehen, vielleicht einige Jahre. Ihr Verdienst wäre natürlich dementsprechend hoch. Nützliche Arbeit soll sich auch bezahlt machen. Was halten Sie davon?
Kian versuchte sich diese geheimnisvolle Tätigkeit vorzustellen. Vielleicht sollte er als Spion eingesetzt werden, möglicherweise sogar im Ausland? Weshalb sonst hätte er seine Eltern nicht sehen sollen?
- Wie ist Ihr Verhältnis zu Ihren Eltern?, fragte der Leutnant. Wohl nicht besonders gut, angesichts der politischen Differenzen?
- Das ist richtig, gestand Kian.
Der Leutnant nickte. Er schien es gewusst zu haben.
- Es würde Ihnen nicht schwerfallen, von Ihren Eltern getrennt zu leben?
- Wahrscheinlich nicht.
Jetzt kam es ohnehin nicht mehr darauf an.
- Ich verstehe, dass wir Opfer von Ihnen verlangen. Das bringt die Art der Tätigkeit mit sich. Aber vergessen Sie nicht, wofür Sie diesen Einsatz erbringen. Sie werden Einblick in Bereiche haben, von denen Sie heute nicht einmal etwas ahnen. Natürlich werden Sie vorher entsprechend geschult. Ich kann ohne Übertreibung sagen, dass Sie bei uns zur Elite gehören. Wir sprechen nicht jeden an.

Kian hätte am liebsten gleich zugesagt.
- Sie müssen mir heute nicht zustimmen, weitere Überprüfungen sind ohnehin notwendig. Überlegen Sie es sich.
Er entschloss sich zu einer Aussage. Er sah sich schon auf Verbrecherjagd.
- Grundsätzlich bin ich nicht abgeneigt.
- Aber?
Der Leutnant wartete.
- Ich habe eine Freundin.
Jetzt erzählte er auch hier schon seine intimsten Angelegenheiten.
- Und?
- Meine Freundin hat Verwandtschaft im Westen.
Der Leutnant verstand.
- Von Ihrer Freundin müssten Sie sich natürlich trennen. Wir legen Wert auf geordnete Familienverhältnisse. Aber bis dahin ist ja noch Zeit. Auch das ist sicher ein Opfer für Sie. Aber glauben Sie mir, es lohnt sich. Perspektiven, die wir Ihnen bieten, finden Sie nirgendwo anders. Sie werden die Gesellschaft von einer ganz anderen Seite kennenlernen, als Sie es bisher gewohnt waren.
Das klang sehr verlockend.
- Über dieses Gespräch dürfen Sie mit niemandem reden, auch nicht mit Ihrer Freundin. Sie sind zu absolutem Stillschweigen verpflichtet. Verbleiben wir so?
Kian nickte.
- Wir melden uns bei Ihnen.
Damit war er entlassen.

So verlief also eine Werbung vom Geheimdienst. Man wurde ein bisschen ausgefragt, mehr nicht. Und die Fragen hätte der Geheimdienst auch selbst beantworten können.

Als er in die Kompanie zurückkehrte, stand sein Name mitsamt der Uhrzeit und der Nummer des Hauses, in dem das Gespräch stattgefunden hatte, an der Wandtafel, in der Rubrik *Termine.* Darunter waren die Namen dreier Soldaten angeschrieben, jeweils mit einer anderen Uhrzeit.
Der Major hatte ihm den Befehl im Vertrauen übermittelt und nun konnte jeder lesen, dass er soeben vom Geheimdienst geworben worden war. Wie hatte diese Information in den normalen Dienstweg gelangen können? Er vermutete sofort eine Absicht dahinter. Seine Schweigepflicht war damit ziemlich überflüssig.
Der diensthabende Unteroffizier empfing ihn auch gleich mit der Frage, ob er sich habe werben lassen.
Er stellte sich unwissend und wischte die Namen von der Tafel ab.
Am Abend fragte ihn ein Soldat, ob er jetzt für diese Dienststelle arbeite.
Er bezeichnete die Frage als Verleumdung. Und er kündigte an, sich zu beschweren.
Der Soldat lachte darüber nur.
Und leider hatte er recht, denn wo sollte er sich beschweren? Niemand könnte bestätigen, dass er sich nicht hatte werben lassen. Selbst der Leutnant, der ihn geworben hatte, könnte das nicht tun, denn dessen Bestätigung wäre nur ein Indiz für seine Mitarbeit.
So beteuerte er, dass es bei dem Gespräch um keine Anwerbung gegangen war. Es gab schließlich noch andere Gründe für eine Vorladung dorthin.

Über das Angebot dachte er trotzdem nach.
Bald war er überzeugt davon, dass es sich um einen Auslandseinsatz handeln müsse. Zu geheimnisvoll hatte die

Beschreibung geklungen. Einzig die Stichworte junges Kollektiv und Fahrerlaubnis irritierten ihn. Sie wiesen nicht gerade auf ein Leben im feindlichen Lager hin.
Er traute sich durchaus zu, als Spion zu arbeiten. Ein Spion musste in der Lage sein, wie eine fremde Person zu reden. Er musste zuverlässig sein, um nicht als Verräter entdeckt zu werden. Seine wirklichen Überzeugungen durfte niemand erkennen. Selbst die eigenen Leute mussten glauben, dass er ihre Überzeugungen nicht teilte.
All die Eigenschaften, die zu solchen Vorstellungen nötig waren, hatte er ohnehin. Es war eine kluge Entscheidung, ihn auszuwählen.
Zudem bliebe ihm noch ein Hintertürchen. Er könnte das Land verlassen und später seinen Auftraggebern die Arbeit verweigern. Sollten sie ihn doch suchen, er würde sein Inkognito schon bewahren, schließlich wollten sie ihm das beibringen.
Er hätte sich gern mit jemandem beraten. Er überlegte sogar, ob er seinem Vater von diesem Gespräch erzählen sollte. Er müsste ja nicht alles berichten, die Fragen über seine Eltern sowieso nicht. Außerdem könnte er seinen Vater warnen, dass genaue Erkundigungen über ihn eingeholt worden waren. Doch dessen Geschwätzigkeit war ein zu hohes Risiko.
Wäre seine Freundin nicht, er hätte nicht lange zu überlegen brauchen. So viel bedeutete sie ihm schon, dass er sich ihr zuliebe nicht gleich entschied.

Er nahm sich vor, mit seiner Freundin über Treue zu sprechen. Wenn er für sie seine Zukunft riskierte, wollte er ein klein wenig Sicherheit haben.

Sie hatte ihn ihren Eltern vorgestellt, weil ihr Vater das so gewollt hatte. Der Vater hatte ihn ausgefragt.
Weshalb er sich für drei Jahre verpflichtet habe? Was das für eine Armee-Einheit sei, in welcher er diene? Was er nach der Armee vorhabe? Ob er wieder in seinem alten Beruf arbeiten wolle?
Manche Fragen waren denen des Leutnants sehr ähnlich. Vielleicht vermutete er in ihm einen Erbschleicher. Einen Dachdeckerbetrieb gab es zu erben und durch diese Arbeit kannte er auch seinen Vater.
In seinem Zimmer stand ein ganzes Regal voller Buchrücken, die als Schmuck dienten und wie echte Bücher aussahen.
Es wurde trotz dieser Prüfung ein schönes Wochenende, das er mit seiner Freundin verlebte. Um Küsse brauchte er nicht zu bitten. Sie kämmte sich vor dem Spiegel, steckte sich die Haare zu einem Dutt und er sah ihr dabei zu. Sie roch nach Zitronenspray und jetzt wusste er, wie gut eine Frau riechen konnte. Er hätte die Augen schließen und ihr nur nach dem Zitronengeruch folgen können.
Einen ganzen Nachmittag verbrachte er mit ihr auf der Couch. Im Garten fotografierten sie sich gegenseitig. Er wollte noch viele Bilder von ihr haben. Zu sich nach Hause lud er seine Freundin ebenfalls ein, zum Mittagessen. Seine Mutter hatte diese Einladung angeregt.
Sein Vater kam aus der Werkstatt, in Arbeitshose und Unterhemd, aber immerhin nahm er am Essen teil. Am Abend wollte sein Vater grillen. Seine Freundin sollte wohl keinen schlechten Eindruck bekommen.

Er hatte schon Mühe gehabt, ihr die Geschichte seines Onkels zu erzählen. Über seinen Onkel wurden die gemein-

sten Gerüchte in der Stadt verbreitet, er hätte ein Attentat auf einen Funktionär geplant und eine Kirche in die Luft sprengen wollen und natürlich hatte sie ihn danach gefragt. Von Anfang an erzählte er die Geschichte und dass seine Eltern bestimmt einen Anteil an der Krankheit hatten.
Sie konnte nur staunen.
Ja, nur er war von einer Menge Verrücktheiten umgeben, normalerweise kannte fast niemand solche Krankheiten. Selbst wer in der Kaserne vom Kasernenkoller sprach, wusste meist überhaupt nicht, wovon er sprach.
Sie umarmte ihn, weil er so Schweres durchgemacht hatte. Und das gefiel ihm. Liebe wuchs offenbar, wenn der Geliebte Schmerzen hatte, das konnte er daraus lernen.
Aber hatte er keine Angst, selbst krank zu werden?
Doch, die hatte er. Nur ihr gestand er das. Neuerdings hatte er diese Angst.
Sie sah ihn erschrocken an. Möglicherweise wollte sie keinen kranken Freund.
Aber verlockend erschien ihm der Wahnsinn manchmal. Bevor er die Krankheit bei seinem Onkel erlebt hatte, hatte er geglaubt, Wahnsinnige würden bewundert werden.
Um seine Freundin zu beruhigen sagte er, das Beispiel seines Onkels würde ihn warnen.
Doch wie manche Leute sich in der Kaserne verhielten, das sei nicht weit vom Verrücktsein entfernt. Darüber wurde in keiner Zeitung geschrieben, aber stattfinden würden solche Dinge trotzdem.
Sie konnte nur den Kopf schütteln über so viele schreckliche Geschichten.
Er hatte eben einiges auszuhalten! Und wenn die Frauen ihre Waffen besaßen, so besaß er auch seine Waffen. Er hatte schließlich ein schweres Schicksal und damit das

Recht, verzweifelt zu sein. Und einmal musste er sich aussprechen.
Sie sagte, es hätte sie ohnehin gewundert, wie wenig er in seinen Briefen geklagt habe.
Aber die Post wurde doch kontrolliert!
Das hatte sie nicht gewusst. Geahnt ja, aber nicht gewusst.

In der Kaserne schrieb er wieder täglich einen Brief. Nummer sechsunddreißig, Nummer siebenunddreißig, Nummer achtunddreißig, so kletterten die Zahlen nach oben. Sie schrieb nicht ganz so viele Briefe, aber sie nummerierte die Briefe auch. Erst hatte sie sich gesträubt gegen die Nummerierungen. Es sah ein wenig nach Abrechnung aus.

Im Herbst verabschiedete sich der alte Kompaniechef und der neue Major trat seinen Dienst an.
Der neue Major war als Jugendlicher unter eine Straßenbahn geraten und seitdem hinkte er ein wenig. Seinem Dienstalter nach hätte er längst Kompaniechef sein müssen. Zwanzig Jahre hatte er als Zugführer hinter sich, während andere Offiziere nur fünf oder sechs Jahre Zugführer blieben. Angeblich hatte er bloß einen Sieben-Klassen-Abschluss.
Soldaten rief er regelmäßig über weite Entfernungen zu: Rasieren Sie sich!, obwohl die Leute sich oft genug gerade rasiert hatten. Oder er befahl, als der Schlüssel zum Kohlenplatz nicht zu finden war, die Kohlen über den Zaun hinweg von Mann zu Mann weiterzureichen und auf einen LKW zu laden. Erst ein höherer Offizier, der das sah, machte den Befehl rückgängig. Auch Unteroffiziere befahl er zu sich, um sie völlig sinnlos anzubrüllen: Sie kriegen wir auch noch! Oder er fragte den Unteroffizier der Feuerwehr: Was machen Sie denn, wenn ein Feuer ausbricht?, und der antwortete: Löschen, Genosse Major!, woraufhin er wegtreten durfte. Oder er wollte einen Handwerker eine Fensterscheibe bezahlen lassen, die nachweislich vom Sturm zerbrochen worden war, mit der Begründung: Sie hätten sie besser verkitten müssen!
Und so einer wurde nun Kompaniechef.
Auf dem Flur hatte er Kian schon gedroht:
- Mit Ihnen rede ich auch noch!

Alle erwarteten, dass er sich in seiner neuen Position nicht lange halten würde. Bisher hatte er lediglich die Handwerker kommandiert und sich dabei austoben können.

Kian belehrte er gleich:
- Intelligente Leute wie Sie sind gefährlich. Merken Sie sich das, zu Ihrem eigenen Nutzen.
- Jawohl, Genosse Major!
- Und bilden Sie sich nicht ein, dass ich Sie wegen Ihrer bisherigen Arbeit besonders schätze. Sie haben viel zu wenig geleistet. Alte Verdienste zählen bei mir nicht.
- Jawohl, Genosse Major!
- Künftig wird hier nur nach einer Pfeife getanzt.
- Das ist doch selbstverständlich, Genosse Major.
- Werden Sie nicht impertinent. Wissen Sie, was impertinent heißt?
- Nein, Genosse Major!
- Sehen Sie im Fremdwörterbuch nach!
Den Spaß kannte er schon. Der Major hatte schon so manchen Unteroffizier das Fremdwörterbuch wälzen lassen. Er durfte abtreten. Wenn er das Wort nachgelesen hatte, sollte er sich melden.
- Und, was heißt impertinent?
Er zählte auf:
- Ungehörig, unverschämt, frech, unausstehlich, Genosse Major.
- Sie haben ein gutes Gedächtnis. Das letzte Adjektiv hätten Sie weglassen können. Was ist ein Adjektiv?
- Ein Eigenschaftswort, Genosse Major.
- Richtig. Sie verstehen mich. Oder?
- Ich verstehe Sie, Genosse Major.
- Dann setzen Sie sich.

Er setzte sich.
Er sollte über die Vorbereitung der Wahl der neuen Jugendleitung berichten. Kaum hatte er angefangen, unterbrach ihn der Major.
- Das genügt. Ich hoffe, Sie sind gut vorbereitet?
Er nickte. Was gab es schon vorzubereiten? Die Soldaten würden zur Versammlung befohlen werden, der Parteisekretär würde eine Rede halten, der Kompaniechef ebenfalls, und um die zu vergebenden Posten würde sich niemand drängeln.
Probleme gehörten nicht auf eine Wahlveranstaltung. Probleme wurden vorher geklärt. Zuletzt hatte es welche mit dem Wandzeitungsredakteur gegeben. Der Wandzeitungsredakteur hatte sein Amt niederlegen wollen. Er allein könne nicht jeden Monat eine neue Wandzeitung erstellen. Er hätte genug mit der Anfertigung einer Karikatur zu tun. Zu einer Karikatur gehöre gedankliche Vorbereitung und die nehme ich voll in Anspruch.
Man setzte sich mit ihm auseinander, der Parteisekretär als Gast, und danach hing wieder eine schöne Wandzeitung auf dem Flur.
Aber solche Einzelheiten interessierten den Major nicht.
- Ich möchte Ihnen eine Frage im Vertrauen stellen.
Das war ganz etwas Neues.
- Was würden Sie an meiner Stelle in der Kompanie verändern?
Jetzt war er schon als Ratgeber gefragt.
- Die Unteroffiziere benötigen mehr Unterstützung. Ansonst leidet die Disziplin in der gesamten Kompanie.
Der Major konnte diese Antwort als Drohung auffassen. Damit musste er rechnen.
- Und was schlagen Sie vor?

Die Zimmer der Unteroffiziere sollten auf den unteren Flur verlegt werden, weg von den Unterkünften der Soldaten. Distanz sei wichtig, damit die Unteroffiziere mehr als Vorgesetzte akzeptiert würden. Außerdem sollte man den Unteroffizieren gestatten, auf ihren Stuben Bilder ihrer Wahl aufzuhängen und nicht, wie es vorgeschrieben sei, Bilder mit Armeecharakter.
Das störte ihn schon lange, dass er sich Panzer und kämpfende Soldaten noch über seinem Bett ansehen musste.
Er nannte absichtlich ein harmloses Beispiel.
- Ich habe doch gesagt, dass Sie ein kluger Kopf sind. Habe ich das gesagt?
- So ungefähr, Genosse Major.
- Sie verstehen mich schon. Sie verstehen mich ausgezeichnet.
Und nach einer Pause:
- Wen haben Sie sich denn als Kompaniechef gewünscht?
- Sie natürlich, Genosse Major.
Es wäre dumm gewesen, etwas anderes zu sagen.
- Sie warten doch auch nur auf meine Ablösung.
Da konnte er ihn beruhigen.
- Wenn Sie Kompaniechef sind, werden Sie es auch bleiben.
- Das haben Sie gut erkannt.
Damit durfte er wegtreten. Auf seine Vorschläge hatte der Major nicht geantwortet.
Kurz darauf wurden die Stuben der Unteroffiziere verlegt, wie er es empfohlen hatte. Die Bilder durften nicht ausgewechselt werden. Aber auf dem unteren Flur war es entschieden ruhiger.

Überhaupt änderte sich einiges.
Der neue Hauptfeldwebel roch aus dem Mund, als würde er Alkohol wiederkäuen. Die Soldaten wären allein für einen solchen Geruch in den Knast gegangen. Aber er durfte das.
Offiziell trank er nur nach Dienstschluss. Stolperte er mit gläsernen Augen durch die Kompanie, war eben schon Feierabend für ihn. Bei den Soldaten beschlagnahmte er den Alkohol.
Der Major bekam davon nichts mit. Wenn ein Soldat einen Knick im Schulterstück hatte, das sah er. Der Knick bedeutete nämlich: Sackstand. Sackstand begann mit dem zweiten Diensthalbjahr. Dann rührte kein Soldat mehr freiwillig einen Besen an.
Eine Weile ließ der Major alle Schulterstücke glätten. Aber die Soldaten waren hartnäckiger und auch Strafen nützten nichts.
Eines Tages traf Kian den Hauptfeldwebel schnarchend in seinem Zimmer an, mit einer Flasche Schnaps neben sich.
Er verließ das Zimmer und überlegte, ob er dem Major Meldung erstatten sollte. Was machte es für einen Sinn, ständig von Disziplin zu reden, wenn die Vorgesetzten soffen? Gegen die EK-Bewegung schritt er ein, ließ die Onkelchens die Flure scheuern, auch wenn die abkotzten deswegen, und den Spieß sollte er in seinem Suff unterstützen?
Andererseits hatte der Hauptfeldwebel in mancherlei Hinsicht mehr zu sagen als der Major.
Er entschloss sich, ihn zu wecken. Der Spieß schreckte hoch und sagte, kaum hatte er die Augen geöffnet:
- Können Sie nicht anklopfen?
- Ich habe angeklopft.

Er versuchte es so vorwurfsvoll wie möglich zu sagen.
Der Hauptfeldwebel stellte die Flasche in seinen Panzerschrank. Nicht eine Bemerkung verlor er darüber.

Schöne Zustände waren das. Der Major veranstaltete wilde Stubenkontrollen und den Unteroffizieren befahl er, Einschätzungen über jeden einzelnen Soldaten zu erstellen, die angeblich bei Urlaubsanträgen zu Rate gezogen werden sollten. Die armen Leutnants durften ihre Wochenenden in der Kaserne verbringen, um die Disziplin in der Kompanie zu festigen.
In der Politschulung der Unteroffiziere traute sich der Major an gewagte Themen heran.
- Nur in der Abwechslung bleibt die Aufmerksamkeit erhalten, erklärte er. Dass Sie lieber schlafen oder von Ihrer Entlassung träumen, als sich weiterzubilden, ist mir bekannt. Und Verschwörungen mit den Soldaten werde ich nicht dulden. Das zur Einführung auf das heutige Thema. Das heutige Thema lautet: Die Inflation im Kapitalismus.
Er forderte jemanden auf, darüber zu referieren.
- Ihre Unterlagen legen Sie mal schön beiseite, ich möchte hören, was Sie darüber wissen.
Und nach einer Weile:
- Das ist aber nicht viel.
- Also wiederholen wir.
Er las die Definition vom Blatt ab.
- Was ist das Besondere an der Inflation? Das wissen Sie nicht? Sie tritt permanent auf.
- Aber Genosse Major! Auch bei uns steigen die Preise!
- Wie bitte?
- Auch bei uns steigen die Preise!

- Sicher steigen auch bei uns die Preise, aber nur für ausgewählte Waren. Bei uns wird das Erwirtschaftete gerecht verteilt. Das ist Ihnen doch bekannt!
- Das ist mir bekannt, aber trotzdem steigen die Preise.
- Aber nur für hochwertige Güter, für Qualitätswaren!
- Hochwertige Güter sind auch Güter!
- Aber es sind Güter, die nicht jeder braucht!
- Wenn ich mir einen Kühlschrank kaufen möchte, ist der teurer als vor fünf Jahren!
- Sie brauchen nicht jedes Jahr einen Kühlschrank!
- Aber wenn ich einen brauche, muss ich mehr Geld ausgeben!
- Dafür erhalten Sie auch mehr Geld! Vor der Armee haben Sie als Lehrling weniger Geld verdient. Und als Facharbeiter werden Sie nach der Armee wieder mehr Geld verdienen!
- Aber wenn ich Facharbeiter bin, werde ich nicht automatisch immer mehr Geld verdienen!
- Dann reicht Ihnen ja auch der eine Kühlschrank!
Alle lachten. Der Major ließ sich nicht aus dem Konzept bringen.
- Die Kühlschränke werden teurer, damit die Waren des täglichen Bedarfs stabile Preise behalten! Sie leben schließlich von Brot und Butter und nicht von Luxusgütern.
- Aber wird somit die Inflation nicht bloß reglementiert? Man sucht sich aus, für welche Waren die Preise steigen!
- Das ist doch gut so! Oder wollen Sie für Brot und Butter mehr Geld bezahlen?
- Aber trotzdem wird die Inflation mit Inflation bekämpft!
- Das ist Geldpolitik und keine Inflation!

Die Diskussion begann wieder von vorne. Der Major sagte:
- Jeder muss mehr arbeiten. Bummelei können wir uns nicht leisten. Wer Geld verdienen will, muss auch arbeiten.
- Das ist doch selbstverständlich!
- Na bitte!
Alle redeten durcheinander. Der Major rief:
- Bei uns stehen nicht die materiellen Werte im Vordergrund, sondern Überzeugungen! Wir alle sind keine Fachleute. Wir sollten uns an das Lehrbuch halten. Unsere Regierung handelt verantwortungsbewusst, davon sind wir doch überzeugt?
Alle nickten.
- Unsere Regierung würde uns Kühlschränke und Luxusgüter gerne schenken, wenn das möglich wäre. Aber wer würde dann noch arbeiten? Wer arbeitet schon freiwillig? Und die Überzeugungen müssen irgendwo herkommen. Deshalb führen wir die politische Schulung durch.
Das war nun endlich ein Machtwort. Niemand widersprach mehr. Und so offen wurde künftig über jedes Thema geredet.

Währenddessen stieg der Alkoholkonsum in der Kompanie. In der Spätschicht lagen gleich mehrere Kfz-Schlosser betrunken im Ruheraum der Werkstatt. Einigen Soldaten wäre es ganz recht gewesen, strafversetzt zu werden. Sie holten nach, was sie Silvester versäumt hatten, denn der Major hatte Silvester persönlich für Ordnung gesorgt.
Die Handwerker wurden ständig zu Havarien gerufen. In der Schwimmhalle platzte ein Dampfrohr und in der Waschanlage waren die Filter verstopft. Der Krankenstand stieg.

Kian fand gerade noch Zeit zum Briefe schreiben. Urlaub erhielt er nicht mehr, als ihm zustand.
Sein Hochzeitstermin rückte näher. Seinen Zimmergenossen gegenüber hatte er ihn bereits zweimal verschoben.
Seine Freundin schickte Fotos und immer wieder Gedichte.
Die Gedichte schrieb sie nur für ihn. Er fand die meisten ziemlich naiv. Aber bestimmt würde sie ihre Naivität noch abschütteln. Und solange sie ihm Gedichte schrieb, hatte sie keinen anderen Freund.

Der Geheimdienst meldete sich nicht. Wahrscheinlich wurde noch immer sein Vorleben überprüft. Oder war das Interesse an ihm schon erloschen, weil das Gespräch bekannt geworden war? Er hatte sich in diesem Punkt jedenfalls richtig verhalten, als er die Werbung abgestritten hatte.

Dass er später einmal im Verborgenen arbeiten würde, stand für ihn dennoch fest. Seine Freundin wollte er überreden, von ihren Eltern wegzuziehen. Von seinem Beruf müsste sie ja nichts wissen. Wie ein großer Verbrecher würde er über seine Tätigkeit schweigen müssen. All seine düsteren Seiten könnte er dann ausleben.

In einem Kriminalroman war einem Verbrecher das Schweigen nicht schwergefallen, weil er schon tot war, als er seine Verbrechen beging. Er hatte die Verbrechen so vorbereitet, dass sie zeitverzögert geschahen, durch Bomben, und die Kriminalpolizei konnte lange nach ihm fahnden. In seinem Keller hatte er ein Selbstmordcenter gebastelt, in dem alle möglichen Arten, sich selbst umzubringen, dargestellt waren.

Grässlich verstümmelte Männer und Frauen zeigten an, dass man von diesem Angebot reichlich Gebrauch machte. Arbeiter in blau und weiß gestreiften KZ-Uniformen karrten menschliche Kadaver zum Krematorium, das links unten lustig qualmte, hieß es in dem Buch.

Der Mann war von seinen Kollegen wegen seines hässlichen Aussehens ständig gequält worden und dafür hatte

er sich an ihnen gerächt. Die Quälereien hatte er fleißig notiert. Einen seiner Kollegen hatte er damit hereingelegt, dass er ihm das Versteck seiner Notizen verschlüsselt beschrieben hatte. Als der Kollege sie ausgrub, explodierte eine Sprengladung, die ihm den kleinen Finger und zwei Fingerkuppen der linken Hand wegriss.
Raffiniert waren diese Verbrechen dadurch, dass der Mörder sie alle präzise vorausgesagt hatte, sogar in detaillierten Briefen an die Polizei, die mit ihren Erkenntnissen dennoch den Taten immer hinterherhinkte. Sich selbst hatte der Mörder mit einer Pistole erschossen, mit Hilfe eines Bindfadens, nachdem er die Pistole in einen Schraubstock gespannt hatte. Und seine Liebe zu Toten kam auch darin zum Ausdruck, dass er in einem Buchmanuskript *Die größten Katastrophen der Menschheit* aufgelistet hatte, Erdbeben und Zugunglücke und dergleichen.
Was Kian an diesem Mann gefiel, war, dass er eine Ehre hatte, dass er sich seiner Verbrechen nicht zu schämen und nicht aus Habgier gehandelt hatte, sondern aus einem verständlichen Motiv. Seine Kollegen hatten ihn nur in ihre Abteilung aufgenommen, um ihn quälen zu können. Niemand hatte mit ihm vernünftig geredet und so entstanden seine Fantasien.

Kians Briefe an seine Freundin wurden dunkler und dunkler. Er übte sich in Konspiration. Ein Märchenland erfand er, mit grünen und weißen Männchen und einem schwarzen Zwerg, und die grünen und weißen Männchen verleumdeten einander und der schwarze Zwerg stand hilflos mittendrin. Manchmal wechselte er seine Farbe, wurde selbst grün oder weiß, aber in diesen Farben war ihm immer sehr unwohl zumute, auch wenn er sonst we-

gen seines schwarzen Aussehens von den anderen gehänselt wurde.
Der Zwerg wurde kleiner und kleiner, weil er sich auf diese Weise hoffte verstecken zu können, aber die Männchen fanden ihn, selbst als er zum Schluss bloß noch in Daumengröße vor ihnen auf dem Tisch tanzte.
Eines Tages verschwand er ganz und ward nimmermehr gesehen, sosehr ihn die Männchen auch suchten. Eine Trauer brach deswegen unter ihnen nicht aus, fröhlich speisten und tranken sie weiter wie bisher.
Was ist die Lehre dieses Märchens?, fragte er seine Freundin. Und sie antwortete: Man darf nicht anders als die anderen sein, sonst ergeht es einem übel.
Also hatte sie ihn verstanden.

Im nächsten Brief beschrieb er einen Wald, in dem Tiere lebten, die kein Mensch je erblickt hatte, irgendwo im hohen Norden lag dieser Wald. Eines dieser Tiere war eine Kreuzung zwischen Fisch und Esel, es konnte als einziges Tier im Wasser schwimmen und an Land mit den Hufen scharren und Gras fressen, und die anderen Tiere, die sich immer nur auf dem Land oder im Wasser oder in der Luft aufhalten konnten, waren neidisch auf dieses Ungeheuer und deshalb beschlossen sie, es zu bekriegen. Der Fischesel aber war nicht allein, er konnte Geister anrufen, die ihm rieten, wie er sich wehren könne gegen die Übermacht der anderen Tiere. Dank dieser Ratschläge gelang es ihm, den Kampf siegreich zu bestehen, wenn er auch verängstigt war von den vielen Feindschaften, die er sich nur wegen einer besonderen Fähigkeit zugezogen hatte, für die er doch nichts konnte.
In diesem Kampf einer gegen alle, der schon deshalb sehr

ungerecht war, weil auch jedes andere Tier, mit Ausnahme der Ameisen, wenigstens aus zwei Tieren bestand und die Fähigkeiten zweier Tiere in sich vereinigte, gewann der Fischesel eine solche Kraft, dass ihn die Tiere schließlich zu ihrem König wählen wollten. Der Fischesel befragte die Geister, ob er die Wahl annehmen solle, und diese sagten:
- Annehmen kannst du die Wahl, doch musst du fortan auf unsere Ratschläge verzichten.
Er konnte der Versuchung jedoch nicht widerstehen, da er sich sagte, er habe in den langen Kämpfen soviel gelernt, dass er künftig ohne die Hilfe der Geister auskäme.
Die Tiere veranstalteten auch ein herrliches Krönungsfest, wie es im Lande noch keines gegeben hatte. Auf einem Hügel schichteten sie Steine zu einem hohen Thron auf, der den Fischesel noch gewaltiger erscheinen ließ, als er in seinem Stolz schon war.
Unter das Volk der Tiere hatten sich jedoch die Ameisen gemischt, die den Aufruhr nicht verstanden, da sie die Sprache der Zwittertiere nicht sprachen. Dem Fischesel krabbelten sie die Beine hinauf und sie kitzelten ihn an seinen Flossen, woraufhin er heftig zu lachen begann, was sich mit seiner Königswürde ganz und gar nicht vertrug. Ja, die versammelten Tiere fühlten sich verhöhnt und beschlossen sogleich, dem Fischesel die verliehene Auszeichnung wieder zu nehmen und ihn von Neuem zu bekriegen. Da er jetzt ohne die Ratschläge der Geister auskommen musste, gab er den Kampf von vorneherein verloren und in wilder Angst floh er aus dem rätselhaften Land.
Was war die Lehre dieses Märchens? Als er es zu schreiben begann, hatte er nur die Idee gehabt, ein Land mit bösen Tieren zu erfinden, doch ein Einfall hatte den anderen ergeben und so war diese Geschichte entstanden.

Seine Freundin antwortete, die Lehre sei: Man solle niemals versuchen, Macht über andere zu erlangen, man würde stets nur lächerlich dabei wirken.
Wenn das so einfach wäre, dachte er. So einfach war es nämlich nicht, weder im Märchen noch in der Wirklichkeit.

Es gefiel ihm, seine Briefe mit Andeutungen zu versehen. Ohne Erklärung fügte er Satzfetzen in Klammern in seine Briefe ein (trockenes Brot, zertretenes Gras, Löcher im Zaun).
Als seine Freundin nachfragte, erklärte er: Trockenes Brot ist schwer zu kauen.
Ob er damit etwa sagen wolle, dass die Verpflegung schlechter geworden sei, fragte sie.
Aber die Verpflegung war nicht schlechter geworden, er bekam von den Köchen noch immer Essen aufs Zimmer gebracht.
Und auch sonst hatte er Vergünstigungen. Da der Bademeister sein Zimmernachbar war, konnte er seinen Geburtstag in der Schwimmhalle feiern, zusammen mit dem schönen Hagen. Tische und Stühle hatten sie ins Schwimmbecken gestellt und mit Gewichten beschwert, wo das Wasser nur ein Meter zwanzig tief war. Er hatte Sekt besorgt.
Und an einem Wochenende betrank er sich.
Abgelegen im Wald, noch innerhalb des militärischen Geländes, stand ein Jagdhaus, in dem manchmal hohe Offiziere übernachteten. Einer der Köche sorgte in dem Haus für die Bewirtung. Er besuchte ihn mit der Begründung, die Stromversorgung des Hauses müsse überprüft werden.

Als sicher war, dass kein Offizier mehr zum Übernachten kommen würde, plünderten sie die Vorräte der Küche. Und nach der dritten oder vierten Flasche Bier und einigen Gläsern feinsten Kognaks spielten sie im Kaminsaal Billard. Die Queues entglitten immer wieder ihren Händen. Sie versuchten sich als Degenfechter und sangen. Die Zahl ihrer Tage grölten sie durch den Saal. In der Nacht schliefen sie vor dem Kamin ein.
Der Soldat hatte die Getränke einem Offizier auf die Rechnung geschrieben, der, wenn er in dem Haus übernachtete, reichlich Hochprozentiges genoss, so dass ihm sowieso der Überblick fehlte, was er zu bezahlen hatte.

Seine Tage zählte Kian schon lange. Ständig wurden es weniger, das war das einzig Gute an ihnen. Das schrieb er auch seiner Freundin. Er konnte ihr nicht alles erklären, was ihm passierte, aber Hinweise gab er ihr genug.
Eine Abwechslung war, dass er allein mit einer Gruppe Soldaten zu einem Manöver geschickt wurde. Ein Oberst wies ihn in die strategische Lage ein.
Der Feind hatte die Elbe schon überschritten und sollte zurückgeschlagen werden. Auf einer Generalstabskarte war das Geschehen dargestellt, blaue Pfeile zeigten die Richtung des Angriffs, rote die des Gegenangriffs, wobei die roten Pfeilspitzen über die bisherige Staatsgrenze hinauswiesen. Nach-vorne-Verteidigung nannte sich dieser Teil eines künftigen Krieges.
Eigentlich hatte er bei dem Oberst nur den Marschbefehl abholen sollen, der nichts weiter besagte, als dass er sich mit fünf LKW in einem bestimmten Waldstück einzufinden habe. Die LKW waren fahrende Hotelzimmer für Generäle, ausgerüstet mit Fernseher und Minibar. Jedem

General standen während einer Übung mehrere solcher Unterkünfte zur Verfügung.
Der Oberst war der Meinung, auch ein Unteroffizier müsse in die strategischen Abläufe eingeweiht sein, denn selbst eine scheinbar nebensächliche Aufgabe trüge zum Erfolg der Übung bei. Deshalb zeigte er die streng geheime Generalstabsakte.
Am Morgen fuhr Kian mit den Soldaten los und gegen Mittag besetzten sie ein Dorf. So kam es ihnen vor, als einige Einwohner in ihren Häusern verschwanden und eine alte Frau fragte:
- Seid ihr von der Wehrmacht?
Zwei Tage verbrachten sie in einem Birkenwald, ohne dass sich jemand um sie kümmerte. Sie saßen am Lagerfeuer, brieten Fleisch und warteten.
Schließlich überbrachte ein Kradmelder den Befehl, sofort zur kämpfenden Truppe vorzustoßen. Ihr befohlenes Ziel lag diesmal unmittelbar neben einer russischen Kaserne.

Kian hatte Halluzinationen während der Fahrt.
Er ließ die Soldaten vor ihren Fahrzeugen antreten. Irgendeines disziplinarischen Vergehens hatten sie sich schuldig gemacht. Er befahl ihnen, die Waffen in den Autos zu lassen. Seine eigene Mpi hatte er sich locker über die Schulter gehängt. Nach dem ersten Anzeichen von Meuterei erschoss er sie. Sein ganzes Magazin schoss er leer. Auf einem der LKW fuhr er Richtung Grenze. Die Leichen hatte er am Feldrand mit Benzin übergossen und angezündet. Er folgte den Pfeilen der Generalstabskarte. Er hatte seinen Auftrag eben falsch verstanden.
Vor der Grenze begegnete er einem etwa fünfjährigen

Kind, das fließend Latein sprach. Dessen Vater erklärte:
- Mein Junge ist seit seiner Geburt so klug. Er hält Reden im römischen Senat.
Kian erschoss auch diese beiden. Zeugen durfte er nicht zurücklassen.
Er erreichte die Grenze, musste den LKW allerdings verlassen, weil die Reifen platzten, und von dem lauten Knall wurde er munter.

Neben der Russenkaserne schlugen sie ihr Lager auf. Zum Essen wurden sie in das russische Offizierskasino geleitet. Wahrscheinlich wollte man ihnen die Verpflegung der Soldaten nicht zumuten, eine Art Brei mit einem mickrigen Fisch. Von Freundschaftsbesuchen kannten sie dieses Essen.
Nicht einmal einen eigenen Schrank hatten die russischen Soldaten, persönliche Sachen mussten sie alle abgeben. Und an Sold erhielten sie fünfundzwanzig Rubel im Monat, das reichte gerade mal für Zigaretten und Seife. Dabei dienten ausschließlich Garderegimenter hier.
Im Offizierskasino aber waren die Tische mit weißen Decken überzogen und sogar Blumen standen auf den Tischen. Serviererinnen brachten das Essen. Dreck- und ölverschmiert wie sie waren, war dieser Aufwand sogar ein bisschen peinlich.
Die restlichen Tage der Übung lagerten sie neben der Kaserne. Sie sahen den russischen Soldaten zu, die mit Sträuchern den Hubschrauberlandeplatz fegten.
Kian wurde lediglich zu einer Sonderfahrt abkommandiert, weil ein General einen Stiefelknecht verlangte, den musste er zusammen mit einem Soldaten bei einem Tischler besorgen und da kein anderes Fahrzeug frei war,

fuhren sie mit einem *Ural*, der soviel Sprit verbrauchte, dass damit beinahe ein Flugzeug hätte betankt werden können.
Die Übung wurde mit einem Sehr gut abgeschlossen. Auszeichnungen wurden verliehen für die hohe Einsatzbereitschaft. Die Technik hatte sich bewährt. Besondere Vorkommnisse hatte es keine gegeben.
So konnten die Tage auch vergehen.

Im nächsten Urlaub sah Kian seine Freundin zum letzten Mal. Das ahnte er jedoch nicht.

Erst jetzt erzählte sie, dass sie vor zwei Jahren vergewaltigt worden war, in Bulgarien, nachts am Strand. Der Mann hatte sie zum Muschelessen eingeladen und sich dann an ihr vergangen. Nach Wochen hatte sie es ihren Eltern erzählt. Und ihr Vater hatte gesagt:
- Bilde dir bloß nichts drauf ein.
Seitdem redete sie mit ihm nur das Nötigste. Sie wäre gern ausgezogen, aber Wohnungen waren rar.
Jetzt verstand er, weshalb sie ihn immer abwies, wenn er mehr wollte, als mit ihr auf dem Bett zu liegen und sie zu streicheln.
Von einer Trennung sagte sie nichts.
Nur fragte sie, weshalb er zuerst so häufig Urlaub bekommen habe und nun fast keinen mehr.
Vielleicht hatte er am Anfang zu sehr geprahlt, dass er jederzeit Urlaub erhalten könnte.

Nachdem sie drei Wochen keinen Brief mehr geschrieben hatte, teilte sie ihm die Trennung auf einer Karte mit.
Drei Sätze, keine Erklärung, das war alles, was sie schrieb.
Er versteckte die Karte, suchte sie wieder hervor, die Sätze blieben die gleichen.
Er begann seine Sachen zu packen, um zu ihr zu fahren.
Als er seine Schuhe geputzt hatte, wurde ihm klar, dass er nicht fahren konnte.

Er nahm ihr Foto in die Hände und starrte es an. Wenn jemand das Zimmer betrat, steckte er das Foto unter seine Jacke.
Auf Fragen antwortete er nicht. Er ließ das Abendbrot ausfallen und blieb bis zur Nachtruhe im Bett. In Uniform und Stiefeln schlief er ein.
Am Morgen zerriss er die Karte. Die Schnipsel klebte er auf einem Blatt Papier wieder zusammen. Er ging nicht zum Morgenappell, sondern beantragte beim Major Urlaub.
Der Major lachte.
- Erfüllen Sie erst einmal Ihre Pflichten, sagte er. Urlaub haben Sie in diesem Halbjahr ausreichend gehabt.
- Es ist aber wichtig.
- Nichts ist wichtiger als Ihre Pflichten.
Ohne zu grüßen verließ er das Zimmer. Die Tür knallte er hinter sich zu.
Der Major rief ihn zurück.
- Ja, bitte?, fragte er.
Der Major brüllte ihn an.
- Überlegen Sie, was Sie falsch gemacht haben.
- Ich habe gar nichts falsch gemacht.
So ließ er nicht mit sich reden. Er ging in seine Lagerhalle und schloss sich ein. Laut Dienstplan hätte er die Exerzierausbildung leiten müssen. Seinetwegen konnte sonst wer exerzieren. Die Karte zerriss er ein zweites Mal. Die Schnipsel verbrannte er.

Am Mittag kehrte er in die Kaserne zurück. Er sollte sich sofort beim Major melden. Er blieb trotzdem auf seinem Zimmer, bis ihm der Befehl ein zweites Mal übermittelt wurde.

Er ging hin und meldete sich. Mit viel gutem Willen war das, was er sagte, als Meldung zu verstehen.
Der Major teilte ihn zum Arbeitsdienst ein. Gräben sollten ausgeschachtet werden. Er sollte die Arbeit beaufsichtigen.
Diesmal meldete er sich korrekt ab.
Gräben schaufeln, das war genau die richtige Arbeit für ihn. Er ließ die Soldaten in Schwarzkombis antreten und marschierte mit ihnen los.
Statt *Links um!* befahl er *Rechts um!* und so marschierten sie eine Weile im Kreis. Niemand regte sich auf.
Dann befahl er die Richtung zu den Gräben.
Während die Soldaten arbeiteten, legte er sich ins Gras, obwohl der Boden sehr kalt war. Die Soldaten stellten die Schaufeln bald beiseite und rauchten. Er tat, als würde er es nicht merken.
Sosehr er auch nachdachte, er fand keinen Anlass für die Trennung. Und wie feige war es, ihm lediglich eine Karte zu schreiben!

Am Abend erhielt er einen Brief. Er war sich sicher, dass sie die Trennung darin zurücknehmen würde. Doch sie erklärte sie nur. Sie meinte, dass wäre sie ihm schuldig. Das fand er allerdings auch.
Es hätte sie misstrauisch gemacht, schrieb sie, dass er so häufig Urlaub erhalten habe. Und da er immer betont habe, in welcher außergewöhnlichen Dienststelle er verpflichtet sei, könne sie deshalb nur auf eines schließen. Er würde schon wissen, was sie meine. Sie wolle mit diesen Leuten, die in solchen Dienststellen arbeiteten, jedoch nichts zu tun haben. Sie wolle mit ihm auch nicht darüber reden.
Er wusste, was sie meinte. Es war sonnenklar. Sie unter-

stellte ihm, er wäre bei einer Truppe des Geheimdienstes verpflichtet. Nur dort erhielt man so häufig Urlaub. Sie hatte, angesichts seiner Vergünstigungen, auf das Schlimmstmögliche geschlossen.

Man musste ihr das eingeredet haben. Allein war sie bestimmt nicht auf diese Idee gekommen.
Er schrieb einen Brief. Der Brief kam ungeöffnet zurück. Zurück an Absender, mit ihrer Handschrift. Ihre Hand hatte nicht einmal gezittert dabei.
Er redete nicht mehr. Man konnte es nicht als Reden bezeichnen. Er kontrollierte keine Schränke, keinen Stiefelputz und nichts. Beim Frühsport wartete er am Kasernentor, bis die Soldaten zurückkehrten, statt mitzulaufen. Was sollte er da draußen. Nach dem Frühstück legte er sich ins Bett.
Der schöne Hagen fragte, was denn passiert sei. Etwas muss doch passiert sein.
- Nichts ist passiert. Was soll denn passiert sein.
- Schreibt sie nicht mehr?
- Sie schreibt nicht mehr.
- Und warum?
Er schwieg.
- Nun sag schon.
- Sie ist krank.
Pause.
- Sie ist krank?
- Ja.
- Etwas Ernstes?
- Ja.
- Und was?
Er überlegte.

- Krebs.
- Krebs?
- Ja, Krebs.
- Das ist ja schrecklich.

Er nickte. Das war allerdings schrecklich. Ausgerechnet ihm musste das widerfahren. Er musste jetzt stark sein, um damit fertig zu werden.

- Du musst zu ihr fahren!
- Wie denn?

Er weinte. Wie sollte er denn zu ihr fahren?

- Du kennst doch den Major!
- Weiß er es denn?
- Nein.
- Du musst es ihm sagen.
- Das kann ich nicht. Ich bekomme sowieso keinen Urlaub.
- Ich rede mit ihm.
- Tu das nicht.
- Doch.

Der Major bestellte ihn zu sich.

- Sie haben Probleme?

Probleme? Ja. Probleme hatte er.

- Hier ist Ihr Urlaubsschein. Urlaubsantritt in einer Stunde.

Drei Tage hatte er ihm bewilligt.

Er bedankte sich. Der Major hatte offenbar doch ein Herz.

Nur, was sollte er zu Hause? Seiner Freundin im Krankenhaus einen Besuch abstatten? Sie lag sicher auf der Intensivstation. Es war ein Notfall. Um Leben und Tod wurde hier gekämpft.

Sie wollte nicht mit ihm reden. Ihr Vater stand breitbeinig in der Tür.
- Meine Tochter ist nicht zu sprechen.
Also hatte er ihr das eingeredet. Ganz sicher er. Und auf so einen hörte sie nun.
Ob sie schon künstlich beatmet werden musste. Bluttransfusionen und kahler Schädel. Flüsternde Ärzte. Wieviel Zeit habe ich noch? Ruhig, sei ruhig, mein Kind. Sie wollen mich bloß trösten. Hier ist schon mancher gesund herausgekommen. Oder mit den Füßen zuerst. Nein, so etwas sagen Ärzte nicht. Immer noch Hoffnung machen, bis zuletzt. Besuch darf sie leider im Moment nicht empfangen. Ist Krebs denn ansteckend? Nein, das nicht. Aber die Aufregung, Sie verstehen? Ich verstehe nicht. Sie braucht doch Hoffnung. Ja, eben.

In der Werkstatt seines Vaters suchte er sich einen Strick. In der Nacht knüpfte er eine Schlinge. Als seine Eltern schliefen, legte er sich die Schlinge um den Hals.
Er schrieb auf einen Zettel, was er alles gern noch getan hätte. So vieles hatte er noch vor.
An dieses Ende gedacht hatte er immer schon. Es war bestimmt für ihn wie ein Paar Schuhe, die beim ersten Anprobieren passten. Die Zukunft war ein schwarzes Loch, in dem alle Wünsche verschwanden. Meckernd und Beifall klatschend standen die Eltern daneben. Was haben wir uns Mühe mit ihm gegeben. Haben ihm Wege gezeigt und er verrät uns. Nichts ist ihm heilig.
Ja, das stimmte alles.
Nie hatte er an seine Pläne geglaubt. Sie waren alle nur abenteuerlich. Und alle waren mit Heimlichkeiten verbunden. Und jetzt erhielt er die Rechnung dafür.

In die Kaserne konnte er nicht zurückfahren. Was sollte er dort erzählen?
Er zog die Schlinge fest. Der Knoten musste im Nacken liegen, das war ihm bekannt. Er wollte nicht unnötig leiden. Einfacher wäre es vielleicht mit Gas, aber da soll man so aufdunsen. Und das Haus kann in die Luft fliegen und die Eltern mit. An seinem Grab sollen sie stehen und heulen, der einzige Sohn, da sind Tränen wohl angebracht. Beleidigen würde ihn jedenfalls niemand mehr. Er hatte andere auch beleidigt und das bereute er. Wie Karussell fahren war das, man wurde umhergeschleudert und konnte nicht absteigen.
Doch was nutzte das jetzt? Jetzt nutzte es nichts mehr. Über ihm flackerte das Licht und erlosch. Er stand im Dunkeln da. Er wartete.
Er zog seinen Kopf aus der Schlinge und stieg vom Stuhl herunter. An Stapeln von Brettern entlang tastete er sich zum Lichtschalter. Er drückte ihn, ohne Erfolg. Er ging in den Hof hinaus und auf die Straße. Nirgendwo brannte Licht.
Wenn das kein Zeichen war. Jemand wollte ihm ein Zeichen geben. Er starb und das Licht in der Stadt erlosch. Er schlich in den Schuppen zurück. Dann knotete er den Strick vom Balken.

In der Kaserne spielte er weiter den Bedrückten. Großartig was vortäuschen musste er dafür nicht. Niemand fragte, wie es um seine Freundin stünde. Selbst der Major fragte nicht. Und der schöne Hagen fragte auch nicht. Wahrscheinlich strahlte er eine solche Trauer aus, dass niemand zu fragen wagte. Seine Freundin war nun einmal krank, was gab es darüber noch zu reden. Mit einer Haube

auf dem Kopf wurde ihre Glatze verdeckt. Nur die Verwandten durften zu ihr und er, ihm war eine Sondergenehmigung erteilt worden, nach Fürsprache der Eltern. Schreiben konnte er ihr auch nicht mehr, sie konnte Briefe schon nicht mehr lesen. Er musste sich auf das Schlimmste gefasst machen. Die Ärzte hatten alle Hoffnung aufgegeben. Die erste Liebe und so endete sie.
Er durfte nicht immerzu daran denken. Ihr half das auch nicht mehr. Es war bestimmt nicht in ihrem Sinne, wenn er sich ganz dem Schmerz hingab. Ungelöst war nach wie vor die Zukunft. Der Weg war frei für seine Laufbahn beim Geheimdienst. Das letzte Hindernis bestand nicht mehr. Aber keine Reaktion erfolgte von dort. Wenn sie soviel wussten über ihn, mussten sie jetzt auch wissen, dass das einzige Gegenargument, das er genannt hatte, nicht mehr galt. Sehr viel Zeit blieb den Herren nicht mehr, schließlich würde er in einem Jahr entlassen werden.

Bald erteilte ihm der Major wieder Urlaub. Er musste die Angelegenheit zu einer Entscheidung führen. Und dazu war er entschlossen.
Als er zurückkehrte, erzählte er dem schönen Hagen, wie es geendet war. Unter Tränen presste er die Worte hervor.
So rasch war alles vonstatten gegangen, dass er es noch gar nicht begriff. Selbst die Bestattung hatten die Eltern schon organisiert und der Pfarrer hatte eine herzergreifende Rede gehalten. Asche zu Asche, Staub zu Staub, wie hatte er geweint bei diesen Worten. Und das Wort Leichenschmaus war ihm sehr falsch vorgekommen, als gäbe es einen Anlass zum Feiern. Trotzdem hatte Verlegenheit geherrscht, wie sollte man mit solch einem frühen Tod auch umgehen.

Hoffnungen zu begraben, war keineswegs leicht. Ihre Eltern hatten dennoch protzen müssen, was allein das Essen gekostet hatte, war eine Schande. Ihre Tochter wurde dadurch auch nicht wieder lebendig.
Der schöne Hagen verstand, Andeutungen genügten. Allein der Satz, er müsse nicht wieder in Urlaub fahren, hätte genügt.
Und der Major sagte:
- Widmen Sie sich mit voller Kraft Ihrem Dienst, so vergessen Sie am besten Ihre Erlebnisse.
Das war seine Art, Beileid auszusprechen. Er drückte ihm noch stumm die Hand.

Er musste die Trauerzeit einhalten. Was hätte man sagen sollen, hätte er jetzt den fröhlichen Max markiert. Dienste lenkten nicht ab. Er blieb tagelang in seiner Werkstatt. Der Major gab sich damit zufrieden. Am Horizont fuhr der Zug in die Heimat, aber seine Heimat war das nicht mehr.
Die neuen Soldaten sollte er wieder einmal das Marschieren lehren. Er ließ es locker angehen. Die Jungs würden nach ihm entlassen werden. Auf dem Kopf würden sie ihm nicht herumtanzen. Sollten andere sich mit ihnen plagen. Die meisten durften ihn gleich duzen. Statt den Exerzierschritt zu üben, spielte er Räuber und Gendarm mit ihnen. Er kletterte auf einen Baum und sie mussten sich getarnt anschleichen und jeder, den er entdeckte, musste die Strecke zurückrobben und sich von neuem anschleichen.
Ihm war ohnehin alle Freude verleidet. Er hatte sich im Schrank eine Erinnerungsecke eingerichtet. Er brauchte bloß das Wertfach zu öffnen, um die Tote zu sehen.
Er hörte, wie über ihn geredet wurde. Dafür hatte er Verständnis. Nicht jeden Tag starb jemandem die Freundin. Und bis alle es wussten, das dauerte. Der schöne Hagen hatte offenbar aus Pietät nicht vielen was erzählt.
Seinetwegen hätte ihn jeder befragen können. Er trug kein Geheimnis mit sich herum. Aber man respektierte den Schmerz, das war es wohl, weshalb niemand ihn ansprach. Wie wenig hatten andere auch zu erleiden im Vergleich zu ihm.

Auf einem Grillfest hielt er sich abseits. Ein Hauptmann setzte sich zu ihm. Zu deutlich war ihm wohl die Trauer anzusehen.
Der Hauptmann war beliebt wegen seiner Höflichkeit. Er war am Stab angestellt, um die Politoffiziere der Kompanien anzuleiten.
- Sehen Sie, ich frage mich manchmal, wie man uns in zehn oder zwanzig Jahren beurteilen wird. Wir glauben das Wesentliche zu wissen, aber was gibt uns diese Sicherheit? Vielleicht zerstören wir uns menschlich, weil die Opfer zu groß sind, die wir auf uns nehmen, für eine Zukunft, die wir nicht kennen. Wir sollen uns diszipliniert verhalten, aber was geht dabei verloren? Disziplin ist sicher nötig, aber woher wissen wir, dass wir sie für die richtigen Zwecke einsetzen?
War der Hauptmann ein Prophet? Meinte er seine Zukunft?
- Ich weiß, ich dürfte Ihnen das nicht sagen. Ich soll Sie ja überzeugen und motivieren. Aber vielleicht verlangt die Wahrheit auch Zweifel? Die Kirche hat uns diese Erfahrung voraus, indem sie seit zweitausend Jahren auch Zweifel anspricht, Zweifel an ihrer eigenen Mission. Wir leben alle gefährdet heute. Und wenn dann noch persönlicher Schutz hinzukommt, wird es schwierig, nicht zu resignieren. Verstehen Sie mich?
Kian nickte. So hätte er auch gern geredet. Der Hauptmann hatte eine feine Art, Trost zu spenden.
Und alles wegen einer Lüge!
- Bei den Nazis hieß es: Was uns nicht umbringt, macht uns stark. Und wohin das geführt hat, wissen wir.
Kian knetete seine Hände. Der Hauptmann schien etwas zu wissen, wenn er so redete.

- Ich will uns nicht mit den Nazis vergleichen, doch in jeder Männergesellschaft treten spezifische Probleme auf. Das vergessen wir manchmal. Es ist unnatürlich, nur unter Männern zu leben. Könnte ich entscheiden, ich würde die Soldaten jedes Wochenende nach Hause schicken, solange keine akute Kriegsgefahr besteht. Ich glaube, das würde der Motivation nur guttun.
Kian stimmte ihm zu. Was der Hauptmann vorschlug, sollte angeblich in der westlichen Armee schon praktiziert werden.
- Besuchen Sie mich, wenn Sie möchten. Ich würde mich gern mit Ihnen unterhalten.
Er stand auf.
Irgendwas wusste der Hauptmann. Wie hätte er sonst so nahe an der Wahrheit vorbeireden können? Falsche Opfer für die Zukunft und nur unter Männern zu leben sei unnatürlich, das waren doch Erklärungen, die ausschließlich auf ihn passten.
Und wie behutsam der Hauptmann geredet hatte! Aber es war eine Lüge und es blieb eine Lüge, durch die ihm dessen Zuwendung zuteil geworden war.
Es brauchte nur aus seiner Heimatstadt jemand in die Kaserne eingezogen werden und er wäre bloßgestellt.

Wenn der Hauptmann so verständnisvoll war, wie er sich gezeigt hatte, müsste er ihn verstehen. Er hatte eben keinen Ausweg gewusst. Außerdem wurde das Lügen anstrengend. Dem schönen Hagen hätte er beinahe gesagt, dass er gelogen hatte. Alle seid ihr drauf reingefallen, du, der Major, jeder. Nicht einmal einen Nachweis hat der Major verlangt. Als ob jemand an Krebs so schnell stirbt! Innerhalb von vier Wochen! Und vorher hat es keine Anzeichen für

die Krankheit gegeben! Gut, ihr konntet denken, ich hätte erst spät darüber gesprochen. Aber dass sie gerade dann stirbt, wenn ich Urlaub habe, muss doch auffallen!
Das Gesicht hätte er sehen wollen, wenn er das erzählte.
Er besuchte den Hauptmann.
Weitergehen konnte es so nicht, nicht mit ihm. Er lachte ja nur über seine Lüge, weil er Angst hatte, dass sie bekannt würde. Das war seine Vorbereitung, nichts weiter, auf die Blicke dann und auf das Getratsche. Und wenn der Hauptmann etwas wusste, musste er das erfahren.

Er begann auch wahrheitsgemäß.
- Sie wissen, was mir passiert ist? Sie wissen es? Dass meine Freundin an Krebs gestorben ist? Und dass mich der Major deshalb in Urlaub geschickt hat?
- Ich weiß es, ja.
Der Hauptmann kochte Tee.
- Aber Sie wissen nicht alles.
Er begann zu weinen.
- Was weiß ich nicht?
- Meine Freundin ist nicht an Krebs gestorben.
- Nicht? Woran sonst?
Also war der Hauptmann ahnungslos.
- Es ist anders gewesen.
- Was ist anders gewesen?
- Ihr Tod.
Gestand er jetzt, musste der Hauptmann ihn verachten.
- Sie ist gestorben, aber nicht an Krebs.
Der Hauptmann schwieg.
- Sie hatte solche Schmerzen. Und da habe ich ihr Tabletten gegeben. Sie wollte es so. Und ich wollte es auch. Niemand hat es gemerkt.

- Sie haben ihr Sterbehilfe geleistet?
Er nickte. Das Wort hatte ihm gefehlt. Zu unerträglich war, was er verbrochen hatte.
- Ich habe sie umgebracht. Durch mich ist sie gestorben, nur durch mich. Ich kann so nicht weiterleben.
- Wo hast du die Tabletten denn herbekommen?
Der Hauptmann duzte ihn.
- Aus der Apotheke. Ich habe sie gekauft, in mehreren Apotheken.
- Ohne Rezept?
- Ja.
Was war daran ungewöhnlich. Schmerztabletten gab es doch ohne Rezept zu kaufen.
- Und es hat keine Untersuchung gegeben, woran deine Freundin gestorben ist?
- Nein. Sie war schon schwer krank. Wahrscheinlich wäre sie sowieso bald gestorben.
- Aber diese Einschätzung hättest du den Ärzten überlassen müssen.
- Ich weiß. Nun ist es zu spät.
Es war zu spät.
Der Hauptmann sagte:
- Ich gehe kurz aus dem Zimmer. Bitte warte hier.
Er hatte kaum die Tür geschlossen, als ein Leutnant das Zimmer betrat. Der Leutnant blieb vor der Tür stehen. Er sollte offenbar auf ihn aufpassen.
Als der Hauptmann zurückkehrte, sagte er:
- Du weißt, dass ich nicht für mich behalten darf, was du mir erzählt hast?
Das wusste er nicht. Das wusste er überhaupt nicht.
- Ich habe es Ihnen im Vertrauen erzählt.
- Ja. Ich möchte dir auch weiterhin helfen. Aber ich bin

gezwungen, es dem Staatsanwalt zu melden. Wenn die Sache so ist, wie du sie erzählst, wird dir sicher nichts passieren. Verstehst du das? Du kannst es schließlich auch gegen den Willen deiner Freundin getan haben.
Kian blickte zum Fenster. Nur noch weg wollte er.
Der Hauptmann hielt ihn am Arm fest.
Kian stieß Laute aus, die nicht zu verstehen waren. Er drückte sich die Hände gegen die Schläfen.
Der Hauptmann schob seinen Stuhl näher zu ihm heran.
- Ich verstehe, dass du Angst hast.
- Gar nichts verstehen Sie!
Das war die Wahrheit!
- Wir gehen zusammen zum Staatsanwalt. Er wartet auf uns. Du musst jetzt tapfer sein.
Tapfer? Wie denn tapfer? Er konnte doch nicht angeklagt werden wegen einer Toten, die noch lebte. Angeklagter, wie war das mit den Tabletten? Wie hoch war die Dosis, die Sie Ihrer Freundin gegeben haben? War Ihre Freundin bei Bewusstsein?
Ja, ich habe sie getötet, gegen ihren Willen, sie hat geschlafen, ich habe die Tabletten in Wasser aufgelöst, damit sie schlafen könne, das sei ihr Recht gewesen und zu dem habe ich ihr verholfen.
- Was ist? Können wir gehen?
Was ist. Was ist ist trotzdem.
- Möchtest du noch etwas trinken?
Das verschaffte ihm eine Pause.

Endlich begann er zu sprechen. Für den ersten Satz benötigte er mehrere Versuche. Und nun war es die Wahrheit.
Nach einer Weile ging der Hauptmann aus dem Zimmer.

Er sagte den Termin beim Staatsanwalt ab.
Dann fragte er:
- Und jetzt? Wie willst du in Zukunft damit umgehen?
Er heulte.
- In der Kompanie glauben alle an deine Geschichte. Willst du weiter lügen?
- Ich weiß es nicht. Die Idee kam mir so plötzlich. Ich konnte mit niemandem reden.
Und nach einer Pause:
- Sie haben mich vorhin nicht gehen lassen. Lassen Sie mich jetzt gehen, bitte.
-Warum? Damit du dir was antust?
Sicher, nur deshalb.
- Es war deine erste Freundin?
Er nickte. Im Grunde war es so.
- Ich will dir etwas von mir erzählen. Du kennst meine Frau.
Er kannte sie. Sie arbeitete auch hier.
Der Hauptmann erzählte, dass die Ehe mit ihr auf einer Lüge beruhe. Er habe nicht unerfahren vor ihr erscheinen wollen, sei es aber gewesen.
Kian verstand. Der Hauptmann meinte, dass viel Schönes aus Lügen entstünde. Aber wie harmlos war diese Lüge, verglichen mit seiner. Er wollte sich vor ihm herabsetzen, um ihm zu helfen.
- Und ich will dir noch etwas erzählen. Meine Lebenszeit ist begrenzt. Ich bin krank. Der Anteil der weißen Blutkörperchen in meinem Blut ist zu hoch. Ich kann mir ausrechnen, wie lange ich noch zu leben habe.
Deshalb war der Hauptmann immer so blass.
- Niemand weiß es, außer meiner Frau. Was soll ich tun? Den Beruf aufgeben? Wäre das eine Lösung? Ich will die

Jahre, die mir bleiben, nutzen. Aber wie? Und meine Frau ist im dritten Monat schwanger.
Kian verstand auch jetzt. Der Hauptmann hatte mit wirklichen Konflikten zu kämpfen und er nur mit eingebildeten. Und den Tod zu suchen war eitel angesichts eines Menschen, der eine tödliche Krankheit hatte.
Er weinte erneut.
Machte er denn alles verkehrt? War er in allem schlechter und böser als andere? Niemals würde es ihm möglich sein, so offen und frei wie der Hauptmann über seine Schwächen zu reden. Der Hauptmann zog noch Gewinn aus seinen Schwächen, indem er besonders liebevoll zu seiner Frau war. Immer, sagte er, müsse er daran denken, dass er sie belogen habe.
Und nur er kannte jetzt dessen Geheimnis.
Der Hauptmann versprach ihm, seine Erfindung tatsächlich für sich zu behalten. Lediglich dem Bataillonskommandeur hatte er sie schon erzählt. Mit ihm würde er reden.
Kian kehrte zurück in die Kompanie.

In der Kompanie ging es immer chaotischer zu. Der Politoffizier reichte einen Antrag auf Versetzung ein, weil selbst er unter der Tyrannei des Majors litt. Und der Hauptfeldwebel genehmigte Soldaten ohne Wissen des Majors Ausgang und ohne es im Dienstbuch einzutragen. Als Kian das entdeckte, meldete er einen Soldaten als vermisst. Er musste als Diensthabender für den Personalstand bürgen. Und der Soldat hätte fahnenflüchtig sein können.
So wurden der Major und der Hauptfeldwebel am Sonntagabend in die Kaserne gerufen.
Statt dass ihm der Major dankbar war, weil er den Hauptfeldwebel überführt hatte und der sich Rechte anmaßte, die ihm nicht zustanden, war er nur verärgert:
- Was Sie mit dieser Aktion bezweckt haben, ist mir schon klar.
Er hatte gar nichts mit dieser Aktion bezweckt und es war seine Pflicht gewesen, das Fehlen des Soldaten zu melden.
Der schöne Hagen sagte:
- Du hättest dich nicht einmischen sollen. Auskommen müssen die beiden, aber auf dich sind sie nicht angewiesen.
Das stimmte.
Er hatte sich sowieso vorgenommen, mit so wenig wie möglich Aufwand das letzte Jahr zu überstehen.
Der Hauptfeldwebel rächte sich ziemlich schnell.
Er nahm ihn für eine angebrannte Decke in Regress. Die

Decke war ihm nachts beim Lesen angeschmort. Normalerweise hätte sie bloß ausgetauscht werden müssen. So zog ihm der Spieß das Geld vom Sold ab.

Dafür vernachlässigte er seine Arbeit als Jugendsekretär. Versammlungen ließ er ausfallen und zu Leitungssitzungen schickte er seinen Stellvertreter. An Diskussionen beteiligte er sich kaum noch.

Das konnte nicht lange gutgehen. Auf einer Leitungssitzung sollte sein Verhalten beurteilt werden. Er schrieb freiwillig das Protokoll dieser Sitzung.

- Wir wissen, dass der Genosse private Probleme hat, aber das rechtfertigt noch lange nicht, dass er die gesellschaftliche Arbeit vernachlässigt. Im Ganzen ist bei ihm eine überaus negative Entwicklung zu verzeichnen. Wenn er so weiter macht, muss er von seiner Funktion abgelöst werden.

Er schrieb fleißig mit.

Alle erwarteten eine Rechtfertigung. Aber den Gefallen tat er ihnen nicht. Warum auch? Dass seine privaten Probleme als Ursache angeführt wurden, war doch eine schöne Entschuldigung.

Schließlich sagte er:

- Ich trete gerne von meinem Posten zurück.

Das wollte niemand. Weil niemand die Arbeit übernehmen wollte.

- Zurücktreten geht nicht, nur Abwahl geht, aber du sollst dich bewähren.

- Weshalb kann ich nicht zurücktreten? Ich kann mein Amt niederlegen.

- Ämter gibt es nur in der bürgerlichen Gesellschaft. Und auch nur dort kann man zurücktreten.

- Aha. Der Dienst an der Sache, ich verstehe.
Da war er einen Schritt zu weit gegangen.
- Sich lustig machen über die Politik der Partei, so etwas lassen wir uns nicht bieten. Ich schlage vor, den Genossen von seiner Funktion zu entbinden.
- Dann hat er doch erreicht, was er wollte!
- Trotzdem, hier müssen wir konsequent bleiben!
Der Beschluss wurde gefasst und einstimmig angenommen. Ihm war es nur recht.
Auf dem Flur sagte sein Nachfolger:
- Wer hoch steigt, fällt tief.
Auch das war ihm recht.
Nur der feine Hauptmann würde enttäuscht sein, dass er sich nicht in seiner Funktion bewährte.

Die Soldaten konnten ihn jetzt desto besser leiden.
Er marschierte mit ihnen zum Straßenfegen und befahl:
- Ein Lied!
- Welches Lied, Genosse Unteroffizier?
- Irgendeines.
- Vielleicht: Oh Tannenbaum, Genosse Unteroffizier?
- Meinetwegen.
Und so sangen sie das Weihnachtslied.
Vor der Kaserne befahl er:
- Lied aus!
Aber sie hörten nicht und sangen weiter. Zwischen den Kasernen grünte die Weihnachtszeit.
Der diensthabende Offizier stürmte auf Kian zu und er durfte gleich wegtreten. Dienst beendet, strenge Rüge. Es war die vierte hintereinander. Lächerlichmachen der Nationalen Volksarmee und des kämpferischen Liedguts, lautete die Begründung.

Die Soldaten mussten eine Stunde singend um den Sportplatz marschieren, um sich wieder an Disziplin zu gewöhnen. Er spielte währenddessen Fussball. Eine schöne Strafe hatte er da bekommen.

Urlaub erhielt er nur noch nach Vorschrift, Ausgang fast gar nicht mehr.
Einmal genehmigte ihm der Major einen Ausgang und er war schon auf dem Weg zum Kasernentor, als ihm der Major die Ausgangskarte ohne Begründung wieder abnahm.
- Ich habe Ihren Ausgang genehmigt? Das war ein Versehen.
Nun war ihm alles egal.
Er setzte sich den Stahlhelm auf, lief durch die Unterkünfte der Soldaten und suchte unter Schränken und Betten seine Ausgangskarte. Irgendwo musste sie doch zu finden sein. Als ihm heiß wurde, zog er sich Jacke und Unterhemd aus.
- Meine Ausgangskarte ist nicht zu finden, erzählte er jedem. Eben war sie noch da und jetzt ist sie verschwunden.
Er drehte einen Stuhl im Kreis und fragte:
- Bist du meine Ausgangskarte?
Sergeant Kopra verließ das Zimmer. Sergeant Kopra war der Nachfolger des Raketenkonstrukteurs, der behauptete immer, er müsse auf dem Kfz-Park seinen Hubschrauber reparieren, die neuen Rotorenblätter aus der Schweiz seien soeben geliefert worden, Feinarbeit, wertvolle Stücke.
Kian drehte den Tisch um, legte ihn mit der Platte auf den Boden. Von seinem Bett riss er die Decke runter, ohne zu wissen, was er mit ihr anfangen sollte.

Er putzte sein Koppel, cremte es mit Schuhcreme ein. Dann schrieb er auf einen Zettel: *Der Genosse Unteroffizier muss dringend in den Knast, damit er nicht noch was anrichtet. Wer ist dafür? Unterschriften bitte!*
Er lief durch die Kompanie, um Unterschriften zu sammeln. Nur zwei Soldaten unterschrieben, nachdem er sie lange gebeten hatte. Von den Unteroffizieren unterschrieb niemand.
Dem schönen Hagen erklärte er:
- Ich muss wirklich in den Knast, zu meinem Schutz.
Das Gleiche erklärte er dem Major, der an diesem Abend Dienst hatte. Er meldete sich vorschriftsmäßig bei ihm, zog die Hosenträger über die nackten Schultern. Er hielt dem Major den Zettel hin und bat, wenigstens er möge unterschreiben.
- Wenn Sie unterschreiben, unterschreiben auch die Soldaten. Wir stimmen ab. Eine Mehrheit muss dafür sein.
Der Major guckte ihn nicht sehr klug an. Irgendwas sagte er, aber er hätte es deutlicher sagen müssen, so verstand er ihn nicht.
Die gelbe Ausgangskarte lag auf dem Tisch.
- Sie haben mir die gelbe Karte gezeigt, ich zeige Ihnen die rote Karte.
Er hielt dem Major seine flache Hand entgegen.
Der Major blätterte im Dienstbuch und telefonierte. Jawohl, der Dienst hatte Vorrang.
- Nun beruhigen Sie sich doch!
Der Major sprach mit ihm! Er konnte sprechen!
- Ich danke Ihnen für den wertvollen Hinweis!, antwortete er.
Er salutierte, zog sich den Stahlhelm tief ins Gesicht und spazierte aus dem Dienstraum.

In der Kompanie ging er ins Zimmer des Majors, öffnete dessen Schrank und was sah er da? Eine Kette mit Schlüsselringen!
Die Soldaten trugen solche Ketten, mit jeweils einem Ring für jeden noch zu dienenden Monat.
Wie viele Jahre hatte der Major denn noch abzusitzen? Er kam ganz durcheinander mit dem Zählen. Die Kette reichte ihm von der Schulter bis zu den Füßen.
Da hatte der Major aber was zu tragen. Er nahm ihm die Last gerne ab.
Er setzte die Mütze des Majors auf und zog die Kette mit den Schlüsselringen über den Flur. So ausgestattet würde man seinen Zettel wohl bereitwillig unterschreiben.
- Die Tage des Majors!, rief er, mit der Kette rasselnd.
- Die Jahre!, korrigierte er sich schließlich.
Der schöne Hagen riss ihm die Mütze vom Kopf. Und den Zettel entriss er ihm auch.
Jetzt würde niemand mehr den Zettel unterschrieben. Niemand glaubte, dass man ihn einsperren musste.
Der Major erschien plötzlich, nämlich zum Stubendurchgang.
Er begleitete ihn. Er plapperte die Meldungen der Soldaten nach und guckte gemeinsam mit dem Major in die Schränke. Eine vorbildliche Ordnung zeigte sich da. Dank seiner Ausbildung. Das könnte der Major ruhig mal sagen.
Er zeigte den Soldaten die Kette und sagte:
- So lange darf der Major noch eure Schränke kontrollieren. Na, eure nicht.
Der Major brach den Stubendurchgang ab.
- Hat er getrunken?, fragte er den schönen Hagen.
Nein, getrunken hatte er nicht. Das wäre ihm nicht im geringsten eingefallen.

Von wegen, Verstoß gegen Dienstvorschriften, mit ihm nicht.
Der Major brüllte endlich.
- Hoi, hoi, hoi, nicht so laut, antwortete Kian, das tut ja in den Ohren weh, wo bleibt die Kinderstube?
War das ein Umgang miteinander? Einer von Genosse zu Genosse?
- Major, für deine Tage musst du dich nicht schämen. Wir haben alle mal klein angefangen.
Er hielt die Kette hoch.
Der Major marschierte wütend davon.
Kian zog seine Jacke an. Half eine Drohung nicht, musste eine andere her.
- Dann schließe ich mich eben selber ein, sagte er dem schönen Hagen, der ihn nicht aus den Augen ließ.
Er ging in seine Werkstatt mit einem festen Entschluss. Er war in der richtigen Stimmung dafür.
Er stellte eine Leiter auf und blieb auf der obersten Sprosse sitzen. Er wippte mit der Leiter. Dass er immer heulen musste bei solchen Gelegenheiten!
An der Tür wurde gerüttelt. Sein besorgter Betreuer war ihm gefolgt.
- Wenn dich der Major schickt, kannst du gleich wieder gehen, rief ihm Kian zu.
- Mach nichts Dummes, antwortete der schöne Hagen.
- Ich mache nichts Dummes!
- Versprich es!
- Ich verspreche es!
- Kommst du?
- Ich komme nicht!
- Dann warte ich.
- Du brauchst nicht zu warten!

- Aber du kommst doch?
- Ich komme ganz bestimmt.
Unter Aufsicht konnte er sein Vorhaben nicht verwirklichen.
Nachdem es still geworden war vor der Tür, stieg er von der Leiter herunter. Er ging in die Kompanie, hängte die Kette mit den Schlüsselringen dem Major über die Türklinke. Die Tür war verschlossen.

Er schlief lange nicht ein. Am Morgen wurde er früh wach.
Er hatte sich aufgeführt wie ein Kranker. Er hatte den Kranken gespielt. Er hatte seinen Onkel nachgeahmt. Im Notfall könnte er sich darauf herausreden. In meiner Familie tritt diese Krankheit häufiger auf. Es gibt einen Schub und ich weiß nicht mehr, was ich tue. Ich merke davon nichts. Was habe ich denn gesagt? Das tut mir leid. Ich wollte den Major nicht beleidigen und sein Ansehen herabsetzen.
Andernfalls würde keine geringe Strafe folgen. Drei Monate Bau oder sechs oder mehr. Als Unteroffizier wäre er nicht wieder verwendbar.
Das hieße: Keine vernünftige Arbeit in Zukunft, keine Qualifikationen, kein Studium oder dergleichen. Er wäre gezeichnet sein Leben lang.
Doch der Major unternahm nichts. Lediglich den Zettel mit den Unterschriften hatte er sich geben lassen. Aber sonst tat er nichts. Das war kaum zu begreifen. Er hatte ihn derartig bloßgestellt und nichts geschah.
Vielleicht fürchtete der Major, bei einer Untersuchung käme heraus, er selbst hätte sein Verhalten provoziert. Ihm war ein Fehler unterlaufen, indem er die Ausgangs-

karte erst ausgehändigt und dann wieder eingezogen hatte, aus lauter Lust, ihn zu schikanieren. So musste es sein.
Sonst hätte der Major doch einschreiten und ihn in den Bau stecken können, auch wenn er gerade das gefordert hatte. Auf Wünsche wurde sonst auch keine Rücksicht genommen.
Der Major ging ihm eindeutig aus dem Weg. Befehle erteilte der Leutnant, der von dem ganzen Abend sowieso nichts begriff.
Nur der Politoffizier redete mit ihm.
- Sie wollen sich wohl Ihre Zukunft ganz verderben?
- Zukunft? Ich habe keine Zukunft.
- Dass Sie sich so verändert haben!
- Wie denn?
- Nicht zu Ihren Gunsten. Steigen Sie herunter von Ihrem hohen Ross.
Auf dem Tisch stand eine Tasse mit Cola und es war klar, was noch da drin war.
- Soviel vertragen Sie doch gar nicht.
- Das mag sein. Es schmeckt mir aber.
Der Politnik gab auf. Er präsentierte sein Ärschlein von hinten.

Neuerdings trank Kian nämlich. Er kippte die Brühe hinunter, als wäre sie mit Reißzwecken durchsetzt.
- Die Tagesau lernt trinken.
- Was heißt hier Tagesau, diene erst einmal so lange wie ich.
- Also doch Tagesau.
- Meinetwegen Tagesau.
- Wie viele Tage schleppst du mit dir noch herum?

Die Soldaten wurden seine Freunde. Wenn man ihn oben fallen ließ, ließ er sich unten wieder auffangen. Der Major hatte es so gewollt.
Ein Soldat erzählte ihm, dass seine Familie ausreisen wolle, ins feindliche Lager, was sollte er tun, mitfahren?
- Was soll ich hier noch bleiben? Soll ich vielleicht wie die Russen leben? Machorka rauchen und Knoblauch fressen? Sto gramm, Doswidanije.
- Und deshalb willst du weg?
- Wenn nicht deshalb, dann aus anderen Gründen.
- Gründe findet man.
- Eben.
Darauf tranken sie einen.
- Hab dich lange für einen Anscheißer gehalten, aber eigentlich bist du kein Anscheißer.
- Bin ich nicht, nein. Scheiße keinen an.
Später fiel ihm ein, dass der Soldat einer derjenigen war, der am gleichen Tag wie er zum Geheimdienst bestellt worden war. Das mit der Ausreise konnte eine Finte sein. Aber die Herren hatten sich ein Jahr nicht gemeldet und ihn wohl längst abgeschrieben. Sicher hatten sie den Major um eine Beurteilung gebeten.

Da ihm der Major keinen Ausgang genehmigte, ging er ohne Genehmigung. Die Kontrollen waren leicht zu unterlaufen, mit etwas Geschick. Sergeant Kopra und der Kranführer, auch ein Unteroffizier, kamen mit. Sie staunten, dass er sich ihnen anschloss.
Der Kranführer hatte zuletzt seinen Baukran durch Leichtsinn gegen ein Garagentor gefahren. Beim nächsten Vorkommnis würde er strafversetzt werden.
Und Kian würde beim nächsten Disziplinverstoß drei Tage in den Knast wandern, zum Anfängerkurs.
In der Disco tranken sie einige Biere. Frauen waren genug da. Eine verabredete sich mit ihm.
Sie arbeitete im Gemüseanbau. Er brachte sie ins Wohnheim und seine Kameraden trotteten hinter ihm her. Vor ihrem Block verabschiedete sie sich. Damit war die Nacht aber noch nicht beendet.
Der Kranführer hatte eine Bekannte im Nachbarblock und die besuchten sie jetzt. Bier und Wein brachten sie ausreichend mit.
Tatsächlich war die gesuchte Dame zu Hause und eine zweite schlief im gleichen Zimmer.
Der Kranführer schloss sich mit seiner Bekannten im Bad ein. Was sich dort vollzog, war nicht zu überhören.
- Sogar in den Mund hat sie ihn genommen, erzählte er auf dem Heimweg. Ich habe es gewusst! Eine, die ihn in die Hand nimmt, nimmt ihn auch in den Mund!
Bei der anderen war nichts zu machen. Das Licht hatten

sie gelöscht und im Nachthemd hatte sie vor ihnen gesessen, aber sie konnten sich nicht einigen, wer aus dem Zimmer gehen sollte.
Kian drängelte dann auch, in die Kaserne zurückzukehren.
Zweimal nutzte er noch die Gelegenheit, sich seinen Ausgang selbst zu genehmigen. Als es ihm doch zu gefährlich wurde und er in der Kaserne blieb, wurden die beiden gerade an diesem Abend erwischt. Der Kranführer erhielt drei Monate Knast und degradiert wurde er ebenfalls. Und Sergeant Kopra wurde in eine andere Einheit versetzt, in eine Art Strafkompanie. Aber verpetzt hatten sie ihn nicht.

Er hatte auch so seine Schwierigkeiten.
Als er Dienst hatte, tobte ein Soldat nach dem Ausgang besoffen herum. Er versuchte ihn zu bändigen. Der Soldat holte aus und schlug zu.
Tätlichkeit gegenüber einem Vorgesetzten, das kostete einige Wochen Bau. Er wollte sofort Meldung erstatten.
Der Soldat entschuldigte sich aber, weinte, hielt den Telefonhörer fest, stammelte immer wieder Entschuldigungen.
Er überlegte.
Zweifellos hätte der Soldat allen Grund, ihm dankbar zu sein, gäbe er nach. Und seine Reue wirkte echt. Und einer der Wortführer unter den Soldaten war er auch.
Kian schickte die Zeugen auf ihre Zimmer. Wenn schon, wollte er die Sache unter vier Augen verhandeln. Entschieden hatte er sich. Aber er musste sicher sein, dass der Major seine Nachgiebigkeit nicht erfahren würde. Dafür hatte der Soldat zu sorgen.

Am Morgen meldete Kian dem Major, es habe keine besonderen Vorkommnisse gegeben. Der wusste es besser. Jemand hatte doch gepetzt.
Er blieb bei seiner Darstellung. Der genannte Zeuge (der Major bestellte ihn endlich zu einer Gegenüberstellung) sei doch wohl sehr unglaubwürdig.
Da alle anderen Soldaten seine Wort bestätigten, stand Aussage gegen Aussage. Und der Major konnte nichts gegen ihn unternehmen. Was er überhaupt hätte tun können, war ohnehin nicht ganz klar. Ein solcher Fall war in den Dienstvorschriften wahrscheinlich gar nicht vorgesehen. Nur seine Verbrüderung mit den Soldaten war jetzt offensichtlich.

Innerlich hatte sich Kian von der Armee schon verabschiedet. Fast lohnte es gar nicht mehr, die Tage zu zählen. Er zählte sie trotzdem.
Und eines Tages las er in der Zeitung eine Annonce. Eine Schauspielschule suchte junge Leute für das Schauspielstudium, Abitur sei nicht erforderlich. Sofort stand sein Berufswunsch fest: Er wollte Schauspieler werden.
All seine Talente könnte er in diesem Beruf nutzen. Er spielte schließlich immer etwas anderes vor, als er wirklich fühlte. Und der Beruf war viel spannender als der eines Spions und außerdem mit Ruhm verbunden. Und böse Rollen gab es genügend, die könnte er sicher überzeugend spielen.
Er dachte an einen Schauspieler in einem Kriminalroman, der in seinen Memoiren beschrieben hatte, wie er zu diesem Beruf gekommen war:
Ich lernte schon in frühester Jugend mein Mienenspiel zu beherrschen, Mitleid zu erwecken, den Clown zu machen,

zu trauern und zu frohlocken, auch Kraft und Überlegenheit zu zeigen, die nicht vorhanden waren. Und: Meine Wiege stand sogleich im dunkelsten Daseinsschatten, aus dem es ein Weiterhinunter nicht mehr gab, sondern nur noch ein Hinauf.

Das war schön gesagt. Und es traf mit jedem Wort auch auf ihn zu.

Er forderte die Bewerbungsunterlagen an. Man musste zwei Theaterrollen einüben und vor einer Kommission spielen. In der Bibliothek suchte er nach passenden Rollen.

Schillers *Räuber* interessierten ihn zuerst. Reden wider den Ungeist und die Verdorbenheit der Zeit zu halten, das lag ihm. Dann erinnerte er sich an *Faust,* den sie im Deutschunterricht durchgenommen hatten, so auch die Szene, in der Mephisto hinter dem Ofen hervortritt, und er las diese Stelle nach.

Er war überrascht, welche Vernichtungsgedanken dort standen. Alles sollte zugrunde gehen, das Licht verschwinden, die plumpe Welt, die Tier- und Menschenbrut. Und offen sagte Mephisto:

- *Das Böse ist mein eigentliches Element.*

Solche Worte waren eben nur in Büchern möglich, im Leben wären sie bestraft worden, auf die eine oder andere Weise.

Es war seine Rolle. Hier konnte er sagen, was er im Innersten empfand.

Er übte in seiner Werkstatt die Szene. Er probte den Auftritt als Pudel, sich schüttelnd trat er hinter einem gedachten Ofen hervor. Regelrecht in Krämpfe verfiel er, während er auf dem Boden hockte.

Als leichten Stoff wählte er die Figur einer Tante, die reich und von ihren Verwandten unerkannt nach langer Zeit in ihre Heimatstadt zurückkehrte. Mit dieser Rolle wollte er seine Vielseitigkeit zeigen und dass er auch in der Lage war, Frauen zu spielen. Mit Frauen hatte er jetzt doch einige Erfahrungen.

Zum Prüfungstermin beantragte er Urlaub und stolz schrieb er als Begründung: *Prüfung an der Schauspielschule.*
Der Major musste ihm den Urlaub gewähren, das war Vorschrift, Unteroffiziere waren zu Studienterminen freizustellen.
Zum Ausgleich verpasste er ihm wieder zusätzliche Dienste. In einem schlief er wieder ein und wieder wurde er erwischt. Diesmal gab es kein Pardon, er wanderte drei Tage in den Knast.
Den Knastantritt legte der Major auf Donnerstagmorgen fest. Der Prüfungstermin war am Samstagvormittag. Als Kian protestierte, tat der Major, als hätte er den Prüfungstermin vergessen.
Großzügig korrigierte er seine Entscheidung und die neue Festlegung lautete, dass er die Zelle am Samstagmorgen verlassen dürfe, um zur Prüfung zu fahren, am Sonntagmorgen aber wieder in den Knast zu gehen habe.
Da er den Text Mephistos noch nicht vollständig beherrschte, nähte er die Seiten ins Käppi ein, um in der Zelle weiter zu lernen.
Die Wachsoldaten sperrten ihn zusammen mit einem Soldaten ein, obwohl andere Zellen leer standen und sie getrennt hätten eingeschlossen werden müssen. In der Gesellschaft war der Knast leichter zu ertragen.
Als die Tür zum ersten Mal verschlossen wurde, hätte

er dennoch fast geheult. Es war beleidigend, hier zu sitzen.
Besonders die Eisentür fand er beleidigend. Als ob Fluchtgefahr bestünde, so war sie konstruiert. Und die Wärter konnten sich von außen anschleichen und durch das Guckloch sehen und innen fehlte der Tür die Klinke.
Und die Liegen waren zum Schlafen nicht geeignet. Die Kopfstütze war in einem viel zu hohen Winkel angebracht, so dass man ganz ans Fußende rutschen musste und die Liegefläche sich verkleinerte, am Fußende aber dröhnte bei jeder Bewegung ein Stück Blech. Nur mit stark angewinkelten Beinen konnte man schlafen. Und die Fenster waren tatsächlich vergittert.

Der Soldat war ein dankbares Publikum.
Kian wies auf die blechbeschlagene Tür und rief mit fester Stimme:
- *Der Drudenfuß auf Eurer Schwelle –*
Ein heiliges Zeichen verwehrte ihm den Ausgang.
- *Gesteh ich's nur! Dass ich hinausspaziere,*
Verbietet nur ein kleines Hindernis,
Der Teufel kann nicht aus dem Haus.
S'ist ein Gesetz der Teufel und Gespenster:
Wo sie hineingeschlüpft, da müssen sie hinaus.
Das erste steht uns frei, beim zweiten sind wir Knechte.
Das Publikum applaudierte. Nach Zugabe wurde verlangt und er spielte die Rolle der Tante.
Als das Abendbrot gebracht wurde, bastelten sie aus dem Essen ein Schachspiel.
Auf der quadratischen Wurstscheibe markierten sie die vierundsechzig Felder und aus der Brotrinde schnitten sie

die Figuren aus, die Türme als Quadrate, die Bauern als Dreiecke, die Läufer als kleinere Kreise, Dame und König als größere Kreise, den König mit eingeschnittenen Zacken und die Springer als spitze Winkel. Die weißen Figuren bestrichen sie mit Butter. Behutsam schoben sie die Figuren mit der Gabelspitze über die Wurst.
Das erste Spiel gewann Kian. Beim zweiten kam Kontrolle. Sie versteckten das Brett und die Figuren hinter den Gitterstäben des Fensters.
Nachdem die Kontrolle vorüber war, hatten Mäuse das Schachbrett angenagt. Gehört hatten sie die Tiere nicht, aber wer sonst sollte die Wurst angenagt haben.
Tags drauf wurden sie zum Fegen der Bataillonsstraße abkommandiert. Der Unteroffizier der Wachsoldaten behandelte sie tatsächlich wie Gefangene, ständig ließ er einen Soldaten mit schußbereiter Mpi neben ihnen stehen. Die Soldaten, die Kian sonst unterstellt waren, marschierten vorbei und amüsierten sich. Der feine Hauptmann ging vorüber, ohne ihn auch nur anzusehen. Er hatte gehofft, er würde ihn aufmuntern, aber nein, er fand die Strafe wohl gerecht.

Wie geplant durfte er am Samstagmorgen die Zelle verlassen und zur Prüfung fahren.
Die letzten Sätze Mephistos lernte er noch im Zug.
Mit ihm warteten etwa vierzig Bewerber. Aus den Gesprächen hörte er heraus, dass sich um jeden Studienplatz nahezu einhundert Leute bewarben. Einige waren schon zum siebten oder achten oder neunten Mal dabei.
Er wurde mit mehreren Bewerbern zusammen in den Prüfungsraum gerufen. Vor ihm traten zwei Frauen auf, eine als Eliza und eine als Iphigenie. Die Eliza sang und er

hoffte, nicht auch singen zu müssen, denn das konnte er nicht. Im Musikunterricht hatte er beim Vorsingen immer eine Fünf bekommen.
Dann kam sein Auftritt.
Er hockte sich auf den Boden, beugte sich tief vor, schüttelte sich und das war die Verwandlung vom Hund zu Mephisto. Er schlich auf Faust zu, der, so dachte er es sich, ihm den Rücken zukehrte. Mit dröhnender Stimme erschreckte er ihn. Gleich darauf flüsterte er, denn wer sich einschmeichelte, brüllte nicht. Die Gutachter würden hoffentlich bemerken, wozu seine Stimme taugte.
Die längeren Monologe sprach er nicht zu Faust, sondern zum Publikum. Ganze Erdzeitalter ließ er wieder auferstehen. Und wie ein süßes Versprechen klangen ihm die Worte:
- *Du wirst in dieser Stunde mehr gewinnen als in des Jahres Einerlei.*
Mit einem weiten Sprung entfernte er sich.
Von den sechs Herren der Prüfungskommission wurde weder Zustimmung noch Ablehnung geäußert.
In der Rolle der Tante fühlte er sich deshalb gleich unsicherer. Er spielte die ganze Szene mit einer Fistelstimme, drehte sich in den Hüften, um das Schwingen des Kleides zu zeigen, hielt die Finger gespreizt, weil er in ihnen eine Zigarettenspitze hielt und sagte nach jedem Satz: Hach, und: Ja, meine Lieben. Das stand zwar nicht im Text, aber es schien ihm wichtig für eine jüngferliche Figur.
Nach seinem Auftritt musste er lange auf das Ergebnis warten. Die Kommission beriet sich. Er war jetzt schon stolz. Noch vor kurzem hatte er mit keinem Gedanken vermutet, dass er sich um solch einen seltenen Beruf bewerben würde.

Ein Professor teilte ihm das Ergebnis mit: Er hatte die Prüfung bestanden! Er würde Schauspieler werden! Gleich beim ersten Versuch hatte er bestanden!
Eine zweite Prüfung stand allerdings noch bevor, eine sehr viel schwierigere, mit noch geringeren Chancen, sie zu bestehen, und bei der die Rollen vorgeschrieben waren und zu der ein Musik- und ein Tanztest gehörten. Er hatte jedoch ein halbes Jahr Zeit, sich vorzubereiten. Erst unmittelbar nach seiner Entlassung sollte diese Prüfung stattfinden.
Der Major würde sich dunkel verfärben vor Wut. Der könnte gleich seinen Fernseher aus dem Fenster werfen, denn eines Tages würde er dort bestimmt zu sehen sein. Den letzten Tag in der Zelle verbrachte er singend.

Als der Major von der bestandenen Prüfung hörte, schickte er an die Schauspielschule eine Beurteilung über ihn. Er zählte all seine disziplinarischen Vergehen auf und schloss mit der Einschätzung:
... ist m. E. nicht würdig, an einer Hochschule unseres Landes zu studieren.
Kian las den Brief heimlich im Zimmer des Majors. Der feine Hauptmann hatte ihm von der Beurteilung erzählt. Nachdem er seine drei Tage abgesessen hatte, redete er wieder mit ihm.
Von der Schauspielschule erhielt Kian zwei Wochen nach diesem Brief Antwort:
Wir freuen uns, Ihren Prüfungstermin bestätigen zu können.
Mit keinem Wort erwähnten die Damen und Herren Professoren die Beurteilung des Majors. Wahrscheinlich konnten sich gerade Künstler denken, welche Zustände

bei der Armee herrschten und dass es eher ein gutes Zeichen war, wenn jemand dort disziplinarisch auffiel. Er konnte sich also in Ruhe auf seine neuen Rollen vorbereiten. So vergingen die letzten Monate bei der Armee sehr viel angenehmer.

Kurz vor seiner Entlassung beichtete er dem schönen Hagen nun auch, dass er den Tod seiner Freundin erfunden hatte. Der wusste das längst. Eigentlich wusste es jeder in der Kompanie. Der feine Hauptmann hatte dem Major alles erzählt und so hatte es sich herumgesprochen.
Nur ihm hatte niemand etwas gesagt.

Berlin, Wien, Aya Marina 1994 – 1997

Zitierte Kriminalromane:

Wolfgang Kienast, Gillermanns Tod, Berlin 1975 (1984)
Fritz Erpenbeck, Der Tote auf dem Thron, Berlin 1973 (1984)
Jürgen Höpfner, Verhängnis vor Elysium, Berlin 1983
Heiner Rank, Der bengalische Tiger, Berlin 1984
-ky, Ein Toter führt Regie, Hamburg 1974, Berlin 1977

Christoph D. Brumme
Nichts als das

Roman
Gebunden

No träumt und lügt zu viel.
Er wünscht, als erster Junge den Südpol zu bereisen. Er möchte Ben Gunn sein und bedauert, nie eine Hure, einen Mörder und einen Bettler gesehen zu haben. In seinen Träumen verläßt er auf Stelzen das Land.
No wächst in Elend im Harz auf, einem Dorf im Grenzgebiet zur Bundesrepublik Deutschland.
Hier am Brocken, von dem aus schon einmal eine sehr deutsche Geschichte in die Literatur eingegangen ist, Goethes »Faust«, wird No mit strenger Hand von seinem Vater erzogen.
In der kargen, von großer analytischer Schärfe zeugenden Sprache entsteht durch No die DDR als Kindheitstraum.

»›Nichts als das‹ ist keine Flucht, sondern ein Gegenangriff mit Mitteln der Sprache.« *Robin Detje, DIE ZEIT*

VERLAG
KIEPENHEUER
& WITSCH

Matthias Altenburg
Landschaft mit Wölfen

Roman
Gebunden

Sieben heiße Tage im Juli, die Welt scheint auf Erlösung zu warten. Wie ein Fremder treibt Neuhaus durch seine Stadt. Er läßt sich von Nonnen trösten, besucht Partys, lernt Frauen kennen und jagt sie wieder fort. Das Bild einer Generation, voller Zorn und trotziger Schönheit. Ein Roman wie ein Song von Tom Waits, wie ein Film von Jim Jarmusch.

VERLAG
KIEPENHEUER
&WITSCH

Michael Kleeberg
Der Kommunist vom Montmartre
und andere Geschichten
Gebunden

In seinem neuen Buch »Der Kommunist vom Montmartre« legt Michael Kleeberg 15 Geschichten vor, deren menschliche Tiefe den Leser ebenso berührt wie ihre stilistische Meisterschaft ihn beeindruckt. Von einem Salonkommunisten der besonderen Art bis zum Aufbau eines Menschen zum Markenartikel: Kleebergs Geschichten sind ein intellektuelles und emotionales Lesevergnügen.

VERLAG
KIEPENHEUER
&WITSCH

Jens Sparschuh
Der Zimmerspringbrunnen

Ein Heimatroman
Gebunden

Brillant und komisch, schlitzohrig und vor allem unterhaltsam nimmt Jens Sparschuh in diesem Vertreterroman deutsche Gegenwart aufs Korn.

VERLAG
KIEPENHEUER
&WITSCH

Katja Lange-Müller
Verfrühte Tierliebe

Gebunden

»Verfrühte Tierliebe« ist ein Buch über die Einsamkeit des Erwachsenwerdens, über die peinigende Realität des Körpers im menschlichen Zusammenleben, über Macht und Ohnmacht zwischen Männern und Frauen.

»Die Tierliebe eines Stadtkindes findet, was die Natur in der Stadt zu bieten hat: Asseln, Käfer, Ungeziefer. Katja Lange-Müller erzählt von zwei gescheiterten Versuchen, das Leben zu beginnen. Die Melancholie bezieht sie aus der Komik, die Komik aus der Ernsthaftigkeit, die Ernsthaftigkeit aus der Naivität und das Naive aus dem Wissen darum.« *Monika Maron*

»Seit ich die Tiere kenne, liebe ich die Pflanzen.« *H. Beyer*

VERLAG KIEPENHEUER & WITSCH

Martin Hielscher (Hrsg.)
Wenn der Kater kommt

Neues Erzählen –
38 deutschsprachige Autorinnen und Autoren
Gebunden

Die Erzählungen der vorliegenden Anthologie markieren einen Wandel innerhalb der neuen deutschsprachigen Literatur hin zu einem offeneren erzählerischen Schreiben, das sich ganz verschiedener Töne und Verfahren, unterschiedlicher Themen und Stimmungen bedient, ohne einem angestrengten ästhetischen Konzept gehorchen zu wollen.
Es ist Bewegung gekommen in die neue deutschsprachige Literaturlandschaft, ganz gleich, ob die Texte nun eher spielerisch oder ernst, eher ironisch oder existentiell, eher welterkundend realistisch oder introvertiert, eher sprachverliebt oder lakonisch sind.
Die Geschichten bereiten Vergnügen und beschäftigen uns nachhaltig. Sie sind kleine Meisterstücke und Wegmarken, hin zu einer neuen, lebendigen erzählerischen Literatur im deutschsprachigen Raum.

VERLAG
KIEPENHEUER
&WITSCH